U0008453

愛情開始之前，你永遠想像不到自己會那樣愛一個人；
而愛情結束之前，也永遠想像不出如此深刻的愛會消失。

若我能走進你的心裡

OL心聲代言人
雪倫

編輯的話

從《若你看見我的悲傷》到《若你聽見我的孤單》，湯湯、丁熒、茉莉這三人組的小系列，就要在《若我能走進你的心裡》畫下句點了。

擔任雪倫的編輯許多年，每收到她的作品，總是在情節的起伏間，或被戳中淚點、或被戳中笑點，然後又哭又笑的讀完這些故事，彷彿自己也隨著經歷了主角們一段又一段的人生。

雪倫的筆，經常為看似平凡的角色，賦予不太一般的生活經驗；也常為看來風光自信的角色，賦予尋常的煩惱困頓。就像我們每一個人一樣，無論在他人眼中是什麼形象、過著哪般生活，然而實際上是快樂、是痛苦，往往只有自己最清楚。

這回，在本書主角杜茉莉的故事裡，不例外的再次受到感動和衝擊。層層的情緒堆疊、事件流動，沒有冷場的人物交會、對話發展，再次淋漓暢快地呈現「雪倫流」的人生故事在我們面前。透過她獨特的幽默感與生命態度，道盡親情、愛情、友情、工作等現實的種種紛擾，悲喜交加，閱讀後使人心有所感，回味不已，並從中感到被理解、被療癒。

好想到一個地方去，但不知道那會是哪裡？

我只希望那裡能讓我感到平靜，能沒有傷心、沒有妒嫉，偶爾會有不認識的路人對著我微笑經過，會有熱情的攤販向我揮手招呼，讓我知道自己還算活著，就算只是行屍走肉。

活到了三十三歲，我的感情世界裡，從未聞過任何花香。

只有為了同一個人重複失戀的凋零。

我是杜茉莉。

昨晚，迎來了我意料之中的第七次失戀。

第一章　出走

「茉莉，跟妳介紹一下，這我女朋友，小宣。」

阿泰學長摟著他的新女友，站在我面前，笑得一臉滿足。

就如同他之前介紹給我認識的前女友們，貝貝、小如、美燕、芊雯、May和凱琳一樣，好像懷中的女孩，從今以後就是他的終身和未來，他們要一起走在幸福的路上，把我扔在孤單的轉角。

我羨慕任何一個曾經依偎在他懷裡的女人。

我曾幻想有一天會輪到我，像人家說的「戲棚下站久了，就會是你的」。但我站到腳痠，阿泰學長也從未把我當成女人，我從未被列入他的感情名單。我的愛情連續劇裡，只有我一個人的獨角戲，唱得轟轟烈烈，只有自己才能感受到情緒起伏。一年、兩年過去，直到過了十年，幻想再也不敢想，自信隨著時光一同老去。雖然我的工作室合夥人丁熒總說：「誰敢說妳不漂亮？誰敢說妳老？叫他們都給我出來！」誰敢出來？沒被丁熒嚇到的男人，也就只有她男友雷愷。

而另一個合夥人湯湯總是安慰我，「妳對學長的愛，已經打敗了全世界的女人。」既然這樣，那為什麼阿泰學長身旁，仍是無縫接軌所有除了我以外的女人？我的愛，從沒有打敗過誰，因為在阿泰學長的感情世界裡，我從頭到尾都稱不上是對手。

「嗨，茉莉姊，常聽泰哥說起妳。」小宣嬌笑，更往阿泰的懷裡靠去。兩人在我眼前甜蜜放閃，說著我聽到都會背的女友開場白，好想反問，他都說我什麼？說我痴傻，為他真心真意付出了十幾年，仍是一場空？說我隨傳隨到，比ＤＨＬ還要使命必達，仍未曾上過他的心？

好想知道，他到底都說了我什麼啊！

我真的好想問，但每一個問句都像堵在喉頭的舊痰，硬生生被我吞了回去。

和過去一樣什麼都吞回去後，再給眼前這個看起來足足小了我十歲的美眉一個頷首微笑。內心感嘆著，阿泰學長的菜一如既往清脆新鮮，而我則像在風裡晾了十年的梅乾菜，看起來又扁又辛酸，畢竟我正站在阿泰學長的小酒館裡，穿著廚工圍裙，為他擔任免費洗碗工的職務。在他的女友們面前，我從沒有一次能風光出場。

我覺得狼狽不堪。

拉了拉身上被水濺濕了一半的圍裙，想著該不該脫掉手上的塑膠手套，好讓自己看起來不讓那麼黃臉婆時，不經意瞄到小宣身上的漂亮名牌洋裝。像是算好時機一樣，阿泰學長總在我看起來最慘的時候，又往我身上倒一灘爛泥。

我和爛泥幾乎要化整為零，所以他的女友們從來不把我放在眼裡，我不曾造成他感情的困擾。

我幾乎要為悲慘的自己流淚，但我忍了下來。要單戀，必定得先學會的一個字，便是「忍」，更何況是我這種單戀資優生，吞下的苦都要可以填滿太平洋了，第七個女朋友只是小意思。

我脫下圍裙，用著自然的語調，盡量不發抖的對著這位新女友說：「很開心認識妳，有機會再一起吃飯。」我的回應也是千篇一律，心口不一，鬼才要跟喜歡對象的女友吃飯好嗎？接著對阿泰學長交接店裡的一些事務，不管阿泰學長怎麼在後頭喊我，我都當作沒有聽到，拿著包包快步離開。

眼淚就在踏出門口的那一刻掉落，忍得好完美，對於這種小事，我總是表現得特別好。我抹去眼淚，發現不太對勁，看見手上還戴著塑膠手套。阿泰學長喊我的原因，大概是我帶走了店內唯一的塑膠手套，我看著手套，開始大哭大笑。

都是這樣的。

只要阿泰學長交了新女友，那晚我都是大哭又大笑的，不用喝酒就能這麼瘋癲。丁熒常問我，「妳到底喜歡阿泰什麼？」我答不出來，大概是大二那年，我在圖書館夜讀為了拚到獎學金時，他卻莫名其妙坐在我面前睡到打呼的樣子。那一刻，我好想成為他，那個看起來無憂無慮、自由自在的他。

當他睡醒看著我，第一句話說的不是抱歉吵到妳，而是「要去吃消夜嗎？」我居然像被附身一樣，收拾書包跟著他去。看他連吃三套燒餅油條，我還在想自己到底哪裡有問題，為什麼要跟陌生的人來到陌生的豆漿店吃著陌生的消夜時，他卻用一點也不陌生的笑著對我說：「妳幹嘛一直念書，看起很累耶。」好像我們很熟一樣。

我的確很累，也只有阿泰學長看出我的累。

沒有什麼朋友的我，能被了解、能被關心，突然有個彷彿天使般的人來到了面前，把我收進他暖暖的羽翼裡。於是，我心甘情願成為他的翅膀，無論他想去哪裡，我都願意為他展翅。

被他看穿的我，眼睛裡就再也容不下別人了。

偶爾想想，要得到我的愛真的很簡單，只要一句話就能困住我十幾年。我就這樣愛著阿泰學長，以學妹兼工具人的身分待在他身邊，期待有一天，他眼裡會有我。全世界單戀的人，心情都一樣，等待的也都一樣。

都在期待被喜歡的人愛上的那一天。

「妳阿泰學長眼睛就是有問題，他要不要去看個眼科，健保費我付好嗎？」丁熒火大的在我面前說著。

昨晚大哭大笑後，我撥打了群組通話，告知我的合作伙伴兼好姊妹們，我再一次要為失戀出走。她們氣我的不爭氣，心疼我的心在疼，不免俗的罵著我的死心眼，再數落阿泰學長的眼睛和視力。從我們認識、共同創業到現在，她們也從前女友芊雯時代，陪我傷心到現任的小宣。

我已經很知足，畢竟前幾任女友，我只能獨自痛苦。

「不准罵學長！」我說。

我就是那種姊妹嫌、眾友厭的為愛狂熱份子，聽不得別人說自己喜歡的人壞話，我愛的人連放屁都是香的，誰都不能嫌臭。幸好，她們還願意在心裡收留我這個瘋子。

「我沒去揍他算客氣了。」丁熒繼續氣沖沖的發言。她總覺得學長明明知道我的心意，就是故意當作沒看見，好藉著我的愛占盡各種便宜。

但我仍相信學長不會是這種人，因為如果連我都那樣想，那麼我的愛該變得多可憐。支持我一直愛下去的，不就是我自己對愛的義無反顧嗎？

就算阿泰學長不愛我也沒有關係，我愛他就夠了，能在他身旁看著他幸福就夠了。我總是把話說得很滿很漂亮，卻在每一次他交新女友的同時，瞬間賞了自己幾巴掌打臉自己。

畢竟心愛的人再怎麼幸福又怎麼樣？因為我更希望給他幸福的那個人，是我，不是別人。

「這次要去哪？」湯湯出聲問著。她從不罵阿泰學長，只在一旁默默看著受盡委屈的我。她也從不發表任何意見，因為這是我的人生，我決定浪費青春年華，她就不會為我惋惜遺憾。她尊重我的任何決定，在每一次我傷心過後，努力想回到常軌時，帶著我走向起點，踏出一步又一步。

我都還沒說話，丁熒便馬上猜，「從宜蘭花蓮、台東綠島，到屏東高雄，這次應該是台南吧。我看阿泰再多交幾個女朋友，妳馬上就達成環島一周的任務了。」我好想反駁，但我反駁不了，因為丁熒猜對了。

其實這次已經是環島的終點。第一次為失戀出走，便是從台中開始的，這次台南和嘉義走完，下次就得出國療傷了。失戀的成本這麼高，但還是有千千萬萬的信徒為愛情前仆後繼，踏過我死過一次又一次的軀體，往那個真愛的終點邁進。

而現在我的終點可能只是安平古堡，或是去嘉義吃火雞肉飯。我沒好氣的回著，「對啦，就是要去台南啦！」為什麼被阿泰學長看穿，我會感覺幸福，被丁熒揭穿就感覺有點火大。難道我的單戀病，連有異性沒人性這種症狀也帶上了？

但無論如何，我都謝謝讓我可以放肆的沒人性的她們，出現在我這百般無聊的人生中，讓我灰白的生活有了一點血色。作夢也沒有想到，和她們從三人內衣設計工作室，到了有自己的加工廠，行政部的員工來到了兩位數，全台擴充到十八個販售據點。怎麼想像得到幾年前的我和丁熒才剛被裁員，正巧遇上日子也不怎麼如意的湯湯，三人開玩笑說要創業，就這麼成真了。

眼見工作室原本的格局已經容納不下那麼多人，但在銀河大樓裡頭生了根的我們，是怎麼樣也不想離開的。本想租下原來辦公室樓上的四樓空間，房東阿紫奶奶怎麼都不肯租，我們只好找來設計師重新規畫辦公空間。失戀歸失戀，我沒忘記明天要把公司所有家當暫遷至附近短期租用的辦公室。

「我會等工作室東西搬好再出發。」我補上這一句。

她們倆同時在電話那頭大喊，「不用！」我一愣，湯湯接著說：「妳就好好去散心，這陣子結算、找搬家公司妳也忙翻了，好好休息。東西都打包好了，其他交給專業的搬家師傅處理就好了。」

「對啊！妳來只是看師傅搬，不如直接去玩。」丁熒說著。

我苦笑，正要道謝，又被她們兩個人先聲奪人，堵住了我的嘴巴。「謝謝那種廢話就不用多說了。」丁熒就是這麼嗆，但我還是說了聲謝謝，謝天謝地謝感情失敗的我，至少還有樣東西是成功的——不是事業，而是友情。

掛掉電話，我躺在床上，腦海裡跑過的，都是大二那年我愛上阿泰學長時，各種回憶的風景，像例行公事般重新提醒我，喚醒我喜歡阿泰學長的證據，好讓我不被失戀打敗。出走回來過後，還是一條經得起愛情折磨的好漢。

出走，從來就未曾療癒我的傷。

那只是一場離開現實的自我放逐，好讓自己在別人眼裡不至於太過難堪，背包裝的從不是行囊，是我釋懷不了的情傷。我閉上眼，試著將腦子裡的一切清空，但這時不時裡掐緊的心臟，都在提醒著，愛情裡我的一事無成。

不意外的，這晚我不客氣的失眠了。

凌晨五點，我仍是清醒的，只好逼自己起身，整理這次出走的行李。想從衣櫃裡拿出背包時，不小心碰到了一旁的化妝椅，放在上面的塑膠洗碗手套掉到我腳上，小夜燈漫出來的昏黃光線，照在那雙紅白手套上，格外顯得刺眼。

阿泰學長和新女友放閃的畫面，又在我腦中掠過。我再次被刺傷，撿起手套，卻不撿回我在愛情的尊嚴。我拿出背包，那重量仍是沉甸甸的，像每次出走後回來的心情一樣。一打開，裡頭竟還有上次沒拿出的衣服和用品，我看著背包和手套，覺得一陣反胃。

我不懂，為什麼總是能把自己搞得這麼慘烈？

突然有個聲音從心裡冒出來，彷彿有個人很久前就住在我的身體裡，這時忽然對我打招呼，說了一句，「杜茉莉，這最後一次了吧！」

我嚇了一跳，感到一陣恐慌，不是怕有鬼，是怕那或許是來自內心最真實的聲音。那麼奮不顧身的我，終於也感覺到累了嗎？那麼義無反顧的我，終於再也撐不下去了嗎？如果不再愛阿泰學長，我還能愛誰？我真的能愛上別人嗎？到底是感情的無以寄託讓人害怕，還是愛上一個眼裡永遠沒有自己的人可悲？

我不知道，我很希望有人來告訴我答案。

但我知道，所有的感情問題，從沒有標準答案。

無奈的再拿了幾件衣服往背包裡塞了進去，換好衣服準備出門。回望著時鐘，竟也早上八點多了，在我胡思亂想的一剎那，就這麼白白浪費了三個小時。但有什麼關係，反正我浪費的青春年華早已是幾百個三小時啊！

走到客廳，就聞到吐司香。我媽正端著早餐從廚房走出來，見到我背著大包包便開口問：「阿泰又換新女友啦？」問的又自在又輕鬆，像跟巷口賣菜的阿姨問：「妳今天又換賣青江菜啦？」一樣。

可是這對我來說很沉重好嗎？

媽笑了笑，拍拍我的肩，拉著我坐到餐桌前，「今天打算去哪？照妳的順序來看……台南？」

這也被猜中。我再次無奈點頭，「對啦！」

媽為我倒了杯牛奶，便吃起吐司，「別想太多，就好好去玩，反正你們工作室不也剛好在整修？一切順其自然，知道嗎？」我媽這才有女兒失戀的樣子，總算開口安慰了我一點。或許是她也安慰到詞窮了，畢竟她是第一個知道我暗戀阿泰學長的人，說了七次一樣的話，她也會膩吧！我明白她的苦衷。

只是，我以為吐司是要烤給我的。

「知道了。」我說。

正要拿起牛奶喝，我媽比我早了一步自己喝了起來。我一臉訝異，連牛奶都不是倒給我的？媽看著我疑惑的表情，也一臉不解，「怎麼啦？妳想吃早餐嗎？我記得妳以前都不吃就走了。」

我無話可說，「沒有，我不想吃。」

這幾年來，她並沒有因為我年紀越大，而阻止我繼續在同一個人身上蹉跎，也不給我任何結婚的壓力。最常說的便是，「不談戀愛、不結婚都沒有關係，單身也沒有什麼不好啊！不用逼自己太緊，我相信阿泰總有一天會明白妳的真心。」

此時此刻，她又對我說了一次。我總是帶著這樣振奮人心的鼓勵出走，調適好心情後回來再繼續愛。這次不知道為什麼，聽完卻提不起勁。

「媽，我好累。」我說。

我媽摸了摸我的頭，好像我是個十歲孩子一樣，「累了就別愛啦！像我現在一個人自由自在多好。」

我看著媽媽一臉滿足的樣子，我相信她真的很好。當初父親死在小三的床上，大姊離家出走，妹妹結婚後也越來越少回家，家裡只剩下我。我以為媽媽會傷心欲絕，會寂寞孤單，這些打擊會讓她的人生就此一蹶不振。但我媽出乎意料的堅強，拉著我的手說：「沒關係，媽有妳就夠了。」於是我媽成了我的責任，對我來說，更是依靠和支柱。

不忍她工作辛苦，我大學半工半讀拿獎學金，出社會後把所有薪水交給我媽，就是要讓她知道，我會照顧她。開工作室時，我壓力很大，很怕賠錢，但媽媽鼓勵我、陪伴我走過創業的低潮。現在工作順利了，但我能給媽媽的除了錢也沒有別的了。感情方面，我要她去找個伴，她不願意，她只要自己一個人就好。而在親情方面，我很愛我媽，可是我一個人終究補不了大姊和妹妹的空缺。

我總是心疼媽媽。

「妳幹嘛突然這樣看我，我又不可憐，妳失戀比較可憐啊！」我媽又再次給我重擊。

「不要一直說我失戀。」我抗議。

「我不說，難道妳自己就不會這樣覺得嗎？」我媽反駁，堵得我一句話都說不出來。

突然門鈴聲響，媽媽起身去開門，都還沒看見人影，就聽到丁熒的甜言蜜語，「我的天啊！婉嬋姊，妳今天好美。」不愧是我們業務總監，死的都能說成活的。

「我哪有妳們美，妳們最美。」我媽也是一口好話。

「阿姨，茉莉出門了嗎？」我也聽到湯湯的聲音。

抬頭就見她們走進來。「妳們不是應該去工作室看著嗎？」我問。

丁熒提著咖啡走到我面前，「先來看看妳再過去啊！搬家公司十點才會來。」

我心暖，但口是心非，「我有什麼好看的。」

湯湯笑著走到我旁邊，「妳有眼睛、鼻子還有嘴巴可以看。」

我忍不住瞪了她一眼，湯湯笑著捏了捏我的臉，「妳還好嗎？」

我點點頭，還能怎麼不好？

我媽為她們倆倒了牛奶，但仍然沒有我的份。媽對著丁熒和湯湯說：「好好開導她，失戀沒什麼了不起，越戰越勇才真的有本事，就算阿泰真的結婚了又怎樣？單身萬歲啊！」我媽說完就瀟灑進房間，留下丁熒和湯湯這兩個小粉絲。

兩人轉過頭，一臉讚嘆直說：「婉嬋姊真的好開明，有這種媽多好，我一輩子不嫁陪她都爽。」

我冷眼看著丁熒，「那妳跟雷愷分手，來住我家，剛好補給我媽一個女兒。」丁熒閉嘴，她和雷愷愛得正火熱，怎麼可能分手。

湯湯拉著我的手說：「茉莉，阿姨真的對妳很好耶，妳有這麼強大的後盾，實在是太幸福了。」

「我知道我媽對我很好，我也對她很好啊！錢都給她了，我現在還只領零用錢耶。」還連個包包都捨不得買啊！

丁熒突然往我身上掛了平安符，「阿紫奶奶交代要給的，幫妳渡情關。」

我看著身上的平安符，轉身從大背包裡撈出了另外幾個一模一樣的平安符。我忍不住笑了，情關哪裡渡得了，「阿紫奶奶怎麼知道我又失戀了？」我好奇的問。

湯湯聳了聳肩說：「她說她感應到的，一早就叫我和丁熒過去找她。」

我忍不住翻了個大白眼，不愧是阿紫奶奶的風格，口頭禪就是那幾句，「我會算啊！」「我感應到了！」「你們不要不信神！」「就說了妳們的真命天子早就出現了！」

我問過阿紫奶奶，難道我的真命天子就是阿泰學長嗎？

她卻又說不是那麼早出現的。但我的生活圈這麼小，根本沒有機會遇到別的男人，所以阿紫奶奶說的根本不準。就在我又這麼想的這一秒，我放在桌上的手機突然震動了一下。我拿起來一看，竟是阿紫奶奶傳來的訊息，「不要不信神！不要去有水的地方，小心遇到騙子。」嚇得我手機差點往地板掉下去。

「妳看到鬼喔！」丁熒好奇我的反應。

我搖了搖頭，懶得再說，抬頭見時鐘又往前走了一個小時。已經快要十點了，要出走的人居然還在家。忍不住趕著丁熒和湯湯，「我差不多要出門了，妳們快去工作室盯著，有事隨時打給我。」

「搬個工作室，哪來什麼事，倒是妳注意安全，知道嗎？」湯湯叮嚀我。

我點了點頭，丁熒接著說：「好了，我們也真的該走了，要不要送妳去車站？」

我搖頭，對她們微笑，「我自己去就可以。」她們看著我，即便我出走過了那麼多次，還是一臉不放心。

「沒事的。」我再一次強調。

湯湯卻突然說：「雖然知道妳最後會沒事，還是覺得心裡悶悶的。」

失戀的人淚腺也很容易失控，我警告她們，「再說下去，我就會哭了喔！」

丁熒馬上拉著湯湯對我說：「我馬上帶她走，妳棺材也進一半，都沒時間笑了，哪還有時間來哭？」說完便轉身要走。

我真的不知道該哭或該笑，眼見丁熒和湯湯要走了，我突然想起塑膠手套，衝回房間拿。在丁熒要關上門前，把手套塞進她的水桶包裡，「幫我拿給阿泰。」我趕緊關門，因為丁熒一定會破口大罵。

「杜茉莉！妳有事嗎？就一雙破手套！」果不其然門外傳來她的大喊。

我也大喊回去，「反正妳就幫我拿去！」阿泰學長的小酒館經營得很辛苦，手套都還能用，幹嘛再花錢買。

我知道丁熒也只是嚷嚷，畢竟她不拿去，湯湯也會幫我。我的所有請託，她們從來沒有拒絕過。就像我對阿泰學長一樣，只要他開口，天上的星星我摘不到，也會存錢買張太空梭的票，讓他可以飛向天空，更靠近星星一點。

「妳還沒出門？」我媽突然從房間走了出來，換好外出服，還提個紅色禮盒。

我緩緩起身，「要出去了啦！妳要去哪？我不在家，妳就不要亂跑了，年紀也有了，別忘了妳還有高血壓耶。」

媽媽笑了笑，「要不要換我叫妳一聲媽？我去送個禮，馬上就回家了。」她一邊收著桌上的杯盤，邊叮嚀著我，「妳自己出去玩才要小心，喝酒可以，不能喝到被撿屍，一夜情也要記得戴保險套……」

「媽，妳真是夠了。」雖然我常想著，萬一一直這麼單戀下去，我到死的那天都還是處女的話，應該會下地獄，因為我對不起我的陰道，都沒有讓它好好被利用過。不如死前來個一夜情算了，但想歸想，我還真沒那個膽子。

我媽並沒有理我，拿起一旁所有我的東西，包包、帽子、太陽眼鏡……往我手上塞，推著我往門外走，對我說：「妳該出門了，我也要趕著出門。」我就這樣被推出門外，我媽甚至還沒對我說聲再見。

我無奈的背上包包，戴上帽子和太陽眼鏡，才發現我媽把丁熒喝了一半的咖啡，連提袋直接掛在我手上。本想拿回去丟，想想算了，等等一開門又要被唸，打算帶到車站再丟。沒想到，票一買完就趕著上車，那杯咖啡再次被我又搖又晃的帶上車廂，安置在一旁的座位杯架上。香味從杯口散發出來，我忍不住用力吸了一大口。我喜歡咖啡香，但我不愛喝咖啡。

大概是小時候被大姊騙著說是紅茶，喝了好大一口才發現太苦吐了出來，就對咖啡有了壞印象。火車開始動了，我想起了杜香蘭，那個大我八歲的大姊，在她十九歲的那一年出走了。

我總會想著，那時候的她是不是也跟我一樣搭上火車，去了某個她想去的地方？我找不到答案，因為我再也沒有看過她了。

我只記得大姊長得好漂亮，時常有很多男生在家門口等她，還有些大哥哥會請我吃冰，就為了我能幫忙拿信或小禮物給大姊。我當然答應，因為大姊都會把那些禮物再送給我，有時候是巧克力，有時候是糖果，有時候還有錢。但後來媽媽拿掃把趕走那些大哥哥，就再也沒有看到男生站在我們家門口了。

如果大姊有天出現在我面前，我會認出她嗎？我不敢保證，就在我努力想著大姊長相和種種她的一切時，我感受到重物擊中我頭頂的痛楚。下一秒，有個大包包跌到我的身上。眼看包包就要砸中杯架上的咖啡，我趕緊伸出手想要保護咖啡。但一切都來不及，咖啡整杯濺了出來，在我的身上還有手上。我還沒搞清楚這慘案到底怎麼發生時，我沾了咖啡的手被拉住，瞬間來到一個陌生男子的面前。感覺到他的鼻息，我嚇了一跳，急忙收回手，忍不住大喊喝斥，「你幹嘛？」

但眼前這位男子並沒有覺得自己行為太過唐突，反而抬起頭直愣愣的盯著我，一臉發現新大陸地問：「小姐，妳這咖啡好香，哪裡買的？」

我差點沒直接伸手賞他兩巴掌，好讓他清醒一點做人。但這車廂裡不只有我跟他，我不想被偷拍成為新聞頭條。

一向不喜歡被注視的我，只能壓下怒氣，咬牙切齒的說：「你有病嗎？不是應該先跟我道歉嗎？」

他大少爺這才回過神來，「啊，sorry，妳還好嗎？」

我仰天差點長嘯，再次忍了下來，緩緩指著我被波及的白褲子和白T恤，對著他說：「你覺得我這樣好嗎？」

他一臉欣賞的說：「還不錯，有點藝術感。」他把術唸成了速，一個奇怪的口音。

我被他這不慍不火慢悠悠的態度徹底惹毛，撿起那個滾落的包包，往他身上砸去。「這樣被打也還不錯嗎？」

他嚇了一跳，「妳冷靜。」他把冷唸成了能。

突然後面一道滿懷歉意的聲音傳來，「小姐，不好意思，那個包包是我的。」我轉頭一看，一個年約六十歲的伯伯，被我嚇得一臉快哭出來的樣子，深怕說出事實，那個包包就會往他身上砸一樣害怕。

我愣了一下，還搞不清楚狀況，伯伯再次告解，「我剛想放上置物架，結果手滑，掉到妳頭上，滑到妳的身上。打翻了妳的咖啡，真的很抱歉。」

原來他是無辜的？我看著眼前的怪人，身材又高又瘦皮膚又黝黑，輪廓很深，有著一頭咖啡色短捲髮，穿著黑色T恤和牛仔褲，整個人呈現一種冬天蕭瑟的感覺。只有眼珠透著點碧綠色，整個人看起來就是一顆只有兩抹綠葉的枯樹。

他對我的注視投來一個大人不計小人過的微笑，一臉不在意我剛砸了他那麼重一下。他撿起地上的包包，還給那位伯伯，伯伯趕緊收下向他道謝。最無辜的我，成了全場最尷尬的人，我被所有人的目光盯的無所適從，轉身拿了化妝包和貴重物品走到車廂內的洗手間開始清洗。衣服我已經不指望了，我能整理的，就只是我這難堪的表情而已。

我在洗手間裡洗手、洗臉，摸摸頭髮，直到有人敲門我才甘願走出來，去面對那第十車廂的混亂，但我發現是我想太多了，大家早就忘了剛剛那場鬧劇，睡的睡、滑手機的滑手機。我安心了不少，走回位置，發現那男子竟坐在我旁邊的座位。

我正感疑惑，以為稍早他的出現只是剛好經過，他馬上將車票遞到我眼前，說了一句，「這是我的位置。」這句話沒有口音，我望了一眼他的臉，他的眼珠，猜想他或許是從某個國家來玩的觀光客吧！

「我有說什麼嗎？」我冷眼看他。

他笑了笑，「妳沒說什麼，但妳的表情說了。」我瞪了他一下，坐回我的位置上。發現那杯被翻倒的咖啡，和地上的髒污都已經被清理乾淨，抬頭見他座位前的置物欄塞了一堆衛生紙。

我有一點想跟他道謝，轉頭卻見他拿著那杯剩不到三分之一的咖啡在我面前晃，笑得有點屁孩，「妳應該不會喝了，不介意我喝完吧！」

道謝的念頭瞬間消失，「隨便你。」

我拿起手機，插上耳機開始聽著音樂，看著窗外，出走的心已經夠糟糕，不能再這麼糟下去。正當我聽著《La La Land》的電影主題曲，幻想自己是艾瑪史東時，我發現我的耳機有了雜音，總是有道呼呼聲，我重新拔起再插回去還是一樣。難道是手機有問題？於是我關了手機，拿下耳機才發現，那道呼呼聲是那棵枯樹的打呼聲。怎麼能如此大聲？是有多累？

我再次塞回耳機，把音量調到最大，突然耳機被扯了下來。轉頭一看，他不知道什麼時候醒了，一臉睡眼惺忪的看著我說：「音樂小聲點，妳會耳聾的。」這次他聾唸成了濃。

我瞪著他，搶回耳機，「我都還沒要你打呼小聲點。」我話才剛說完，他又開始打呼了。

不能再這樣下去。現在才到彰化，再這樣下去，還沒到台南，這節車廂肯定會發生命案，不是他死就是我亡。我站起身想看看是不是還有空位，沒想到一抬頭，車廂裡竟已經坐滿，兩側還有站著沒座位的旅客。我只好放棄換位置的念頭，再坐回座椅上，瞪著了一眼那個還在打呼的人發洩。

越往南走，天氣越好，車廂的人也越來越多，而枯樹越睡越歪斜，整個人歪到走道上去。經過的旅客有看到的會閃，沒看到的，身上的行李就往那棵枯樹碰撞。枯樹好像沒有感覺，眼見他的頭剛剛已經輪流被 Nike、The North Face、POTER 各大品牌撞過一輪，身為他的鄰座，不知怎麼搞的，覺得心情很好。

我忍不住笑了，然後被罵了。

一個在新營上車的婆婆，不分青紅皂白就指著我大罵，「小姐，妳男朋友坐成這樣，要別人怎麼過？」

婆婆說完，霸氣的將枯樹推向我這邊，我還沒有反應過來，婆婆又繼續邊碎唸邊走，「現在年輕人真的很不懂事，位置不讓就算了，連睡覺也要擋路，當人家女朋友的也不照顧一下。」婆婆的聲音迴盪在吵鬧的車廂，意外的讓人聽得更清楚。

看著婆婆的背影，這條黑鍋我也真的是背定了，看著倒在我肩上的枯樹，真想拿把斧頭砍掉他。我試著移動他的身子，讓他好好坐在他的椅子上，但他他的睡相太差，不到一秒又靠到我的肩上。我平靜的再將他的大體，不，身體移好，他下一秒又攤在我身上。

不知道的人，還會真的以為我們是感情多好的情侶。就這樣跟他來回推拉了幾次，我的忍耐已經到了極限，當車內傳來廣播需宣布，「台南站到了。」國台客語各一次，他又靠上我的肩。我氣得用力一推，結果站在走道上要準備下車的旅客經過，又把他撞了回來。我才正覺得解脫，他的臉又突然出現在我面前，而且很近，近到就要撞上我時，已經來不及了。

我們撞到了，他的臉撞到了我的臉，他的唇也撞到了我的唇，我這打算獻給阿泰學長的初吻，就在這一次跟我一起出走了，莫名其妙的飛走了。我氣得給了他一巴掌，車廂內的空氣再次因為我們兩個人而凍結。

車子緩緩停了，他也緩緩醒了，往我身後的車窗看去，緩緩的說了三個字，「啊到了。」然後好像什麼事都沒有發生，拿起他腳邊的包包，起身走了出去。

What the fuck!

我還在訝異怎麼有人這麼不要臉，列車居然又要開了！

我還來不及下車啊！我趕緊拿著自己的行李家當，往正要上車的旅客中擠了出去。眾人的嘖嘖聲抵不過我達達的馬蹄聲，我死命衝，像要衝出封鎖線一樣，在最後一秒擠下了車，腳步沒有踩穩，失控的跌在月台上。

一個狗吃屎。

我聽到許多人的驚呼，此時此刻我只想回家。我不應該下車的，我就直接坐到高雄再坐車回台北，我為何要下車？我不想抬頭，這麼丟臉的時刻，我不想面對。我想哭，但是我哭不出來。

突然，我的眼角瞄到了一個人站到我眼前。我緩緩抬起頭來，那人正溫柔的微笑著對我伸出手，陽光灑在他的背後，暈出了一圈光環，看起來好耀眼。

可是我的眼睛對焦到對方的臉後，發現竟是那顆枯樹，氣得坐起身，用力拍開他的手，「不需要你扶我。」

他一臉無所謂的收回自己的手，「喔。」

但他沒有打算離開的意思，我出口吼他，「你走開啊！站在這裡幹嘛？」

他指著我後方的樓梯口和月台中間的小道說：「我要走過去啊！難道要從妳身上跨過去？」

我這才驚覺我擋到路了，忍住膝蓋和手肘的痛楚起身，狼狽的撿起我的包包退開到一旁，在月台上的長椅坐下。

他看了我一眼，「妳沒事吧？」

我狠狠瞪了他一眼，「干你屁事？」

我發誓我平常真的很少發脾氣，也不說這種話的，這種話平常都是丁熒在說，沒想到我今天用得這麼順。

他突然走向我，蹲在我的面前，像宋仲基蹲在宋慧喬面前一樣。我愣了一下，完全摸不清他到底要幹嘛，他的不按牌理出牌，簡直比阿紫奶奶還要強。接著他一臉真摯的說：「我可以問妳一件事嗎？」

我覺得恐慌，很怕他要問我剛剛唇碰唇的事，難道他要我負責嗎？結果他的嘴巴卻吐了出了一句，「打翻的那杯咖啡在哪裡買的？」

我瞬間緊握拳頭，忍住不給他一拳的衝動，保持平靜的對他說：「馬上離開我的視線，不然我就告你性騷擾了。」

他嚇一跳，急忙退了幾步，慌張的說：「妳怎麼可以亂誣賴人？」

那個唇碰唇有多少人都看到了！

我誣賴？我火大的對著他吼，「你去問南下的一二一號自強列車，第十節車廂的旅客們，我有沒有誣賴你。」

我氣得起身離開，不想再跟他多廢話一句，此時此刻，面對我自己現在的處境，只想對著天空大吼。

去你的阿泰學長！去你的單戀！去你的失戀！

去你的最後一次出走。

第二章／找尋

我就這樣一個人呆坐在台南車站旁的便利商店，坐了好久。久到我情緒平靜下來，久到在心裡向阿泰學長道歉，剛剛不應該罵他「去你的」。久到我說服自己既然來了，就要好好的玩，不要再想剛剛那一場荒唐，久到我坐到屁股痛了，我才能夠真正起身，邁出下一步。

走出便利商店，天已經黑了。我訂的民宿離車站還有一點距離，但我想用走的，一步步踩在這座城市的土地上，才能算是真的來過，街道的每個角落才真的是風景。我放開心胸，跟著google地圖，穿梭在台南的巷弄內，看著老屋的磚牆鐵窗，配著每走幾步就會傳來肉燥香，然後我終於找到出門前臨時訂的民宿。

我開心的走了進去，打算 check in 後好好洗個澡，換掉這一身疲憊，再出去覓食。我沒有查台南必吃、台南必買，打算走到哪裡就吃哪裡。

沒想到，民宿接待的人員卻告訴我，「杜小姐，不好意思，我們一直聯絡不到妳，早上的工讀生沒有確認好訂房，您訂的房間已經有人預訂了。得請您取消訂房，但您的電話一直沒有通。」

我覺得雷打在了我的身上。我瞄了一眼接待小姐的名牌上頭寫著「艾咪」兩個字，我拿出手機點進通話紀錄頁面，對著她滑了幾下，「艾咪小姐，妳看，我真的沒有接到任何電話。」

艾咪拿出我的訂房資料，核對了一下，發現是我自己把手機號碼最後一碼的八打成了五，所以我這輩子都不會接到民宿打來的電話。

艾咪和我尷尬對看了三秒，「杜小姐，真的非常抱歉，如果妳不介意的話，我可以幫妳介紹幾間不錯的民宿，我們會專車送妳過去。」

我萬念俱灰，從昨晚到現在，我到底發生了什麼事？我還能多倒楣？我忍不住伸手緊握著平安符，祈禱誰可以感應到我的無助，好把我帶離這裡。

「小姐，我有訂房。」一道男聲在我身後響起。

艾咪給了我一個微笑說著，「杜小姐，妳先想想。」然後丟下恍神的我，走向我的身後，親切的喊著，「李昊天先生是嗎？」

「對。」

「你的房間我們已經準備好了。」羨慕別人已經有房間住，我還要去流浪，我不知道我的終點在哪裡。

我再次背上包包，準備隨便找間飯店住。雖然我一向喜歡民宿的人情味，但為了保險起見，飯店絕對會有房間。我無法再接受更多折磨，我需要休息，讓自己睡上一覺。今天一整天，我完全沒有力氣去感受情傷，原來心理創傷還是敵不過生理疲勞。

結果一個轉身，想都想不到居然又撞上那顆枯樹，是有鬼嗎？

我摸著撞疼的鼻梁，「Shit。」瞪著眼前的男人罵了一聲。

他看著我一愣，隨後笑著說了一句，「好巧，妳也住這？」

我冷冷看著他，「不巧，我不住這裡，路過而已。」

「兩位認識嗎？」艾咪看著我們，好奇的問。

我馬上澄清，「不認識。」

但他回答，「認識。」

艾咪一愣，化解尷尬的說：「沒想到兩位是朋友，還剛好訂了同一間房，只是李先生快了一步。」

管他快幾百步，我轉身就走，艾咪急忙跟在我身後，關心的詢問：「杜小姐，妳找到住宿了嗎？需要我們幫忙嗎？」

我客氣拒絕，「不用了，我再上網找就好。」

還沒踏出民宿，我的背包就被人揪住。枯樹拉住了我，對著艾咪說：「我的房間讓給她。」然後靠著他自以為是的腳長，三兩步就走掉了。

我想追出去，拒絕他的施捨，但再次被人抓住。這次是艾咪。

她一臉急切，「杜小姐，等等啊！如果連妳都走了，房間就沒有人住了。」

我回頭看，門外早已空無一人。嘆了口氣，拿出錢包準備付款，才知道枯樹也訂了一個星期的住宿，而且已經付了一半的訂金。我無奈的付了尾款，向艾咪要枯樹的手機號碼，好聯絡他還給他訂金。

她卻告訴我，「由於個資法的規定，我可能沒辦法隨便透露耶，但我可以幫妳聯絡看看。」好吧，就當我撿到大便宜，住到心神不寧，全身彆扭到骨折算了。

聽完艾咪說明民宿的注意事項，回到房間，就看見了讓我早上望了一眼就決定訂這間民宿的復古沙發。然後，我眼前出現了枯樹在那張沙發上睡死的幻覺。我急忙用力搖頭甩掉幻覺，坐到床上。軟硬適中，是我睡習慣的硬度和彈性，回頭想整理枕頭，眼前又跳出枯樹趴在床上的畫面。

我嚇得站起身，有一種強奪別人家園的心虛感，大概內心早已先入為主認定這間是枯樹的房間吧！原是屬於他的地方，會有他的身影也是正常。這樣下去不行，我是來療情傷，不是來被別的事干擾的。我還是想自己去找間飯店或民宿住，我可不希望這次出走回去後的印象，只有那顆枯樹。

眼看已經晚上九點了，換民宿的事，只好明天再說。我拿了換洗衣物，走進浴室好好的洗了個澡。吹頭髮時，肚子放聲大叫，想起今天一整天完全沒有進食，趕緊隨便吹了兩下頭髮，拿起錢包走出房間，決定去覓食。才關上房門，都還沒有下樓，就意外聽到對面房間傳出女孩子輕柔帶著鼻音的呻吟，很有規律性的，最後還說了一句，「嗯……寶貝，我還要。」

我瞬間臉紅，幾乎是狂奔的跑出民宿。腿軟的蹲在馬路路口，慌張漸漸消失，取而代之的是一個三十三歲的處女和感情白痴的羨慕。

和男朋友一起旅行耶，多好。

我就這樣走在馬路上，想著什麼時候才能牽著阿泰學長的手來一次旅行時，手機剛好響了。我看著螢幕來電顯示，是阿泰學長，我的心又開始悸動，就像二十歲那一年，發現自己喜歡他的時候一樣，從來沒有變過。我平緩著情緒後的開口喊著，「學長。」

「剛才丁熒拿手套來，說妳去台南玩？」

「對啊。」

「怎麼那麼突然？妳很愛自己偷跑去玩，都不告訴我。」阿泰學長聲音聽起來有點小生氣，繼續抱怨著，「昨天明明有碰到面，也不說一聲。明明有手機，傳個LINE跟我說一聲很難嗎？」

我有點慌張，阿泰學長難得語氣這麼重，「就是想說趁公司在整修的時候，順便出來透透氣。」

他在電話那頭嘆了口氣，「妳一個人？」

「嗯，我一個人。」因為喜歡你，所以我都是自己一個人。

他接著說：「一個人有什麼好玩的，妳馬上回來，不管多晚我都去接妳。」

我愣了一下，「你希望我回去？」

電話那頭突然莫名其妙的陷入沉默，就在我想豁出去，告訴阿泰學長我來台南是為了什麼時，電話那頭卻出現了小宣的聲音，「泰！快點來幫人家開紅酒啦！這瓶好難開。」話只好再次吞回心裡。

阿泰學長慌忙的留了一句，「趕快回來，看妳搭幾點的車，傳訊息給我。」然後就掛掉電話。

我看著突然變暗的手機螢幕，閃過了阿泰學長朝小宣跑過去的畫面，我收起手機，收回那股豁出去的勇氣，繼續尋找著還營業的小吃店，想要好好大吃一頓。心空了，肚子再空，我的人生就太悲慘了。

「小姐，裡面坐喔！」我經過一間麵店，老闆娘熱情招呼著失神的我，我回神看著小店面裡頭滿滿是人，要裡面坐的話，只能坐客人大腿。

本想離開找下一間，老闆娘又熱情的將單子和筆塞到我手上，「想吃什麼先填單，很快就有位置了喔！」

我拒絕不了她的笑容，嘆了口氣，在單子上的外帶區打了勾，然後在一大堆食物旁畫了記號。把單子交給老闆娘，抽了幾張衛生紙，準備等等做成耳塞，這樣回去就不會聽到尷尬的叫床聲了。

我站在攤位前，看著老闆娘快速的煮麵，淋肉燥。鍋內半透明的高湯不停沸騰，傳來各種甜香，感覺肚子餓到有點胃痛，忍不住出手伸按著自己的胃，眼角卻瞄到靠近門口的一桌男客人，喝著小酒，時不時看著我偷笑。他們盯著我的眼神讓我很不舒服。

我轉過身，不讓他們再注視我，卻聽到後方他們傳來的訕笑。我知道他們在笑我，但是不知道他們在笑什麼，我覺得很不被尊重，如果是丁熒，肯定衝過去拍桌大罵，「有種你再給我笑一次。」

如果是湯湯，就會優雅的走過去，淡淡的說：「再笑一次，那鍋熱湯就會在你們身上。」

但我不是她們，我學不來丁熒的霸氣和湯湯的冷靜處理。

我只能低著頭，希望我點的東西趕快好。突然，一件牛仔襯衫披在了我的肩上，我一抬頭，又看見枯樹。說這是巧合，我覺得太扯，唯一有可能的事，叫做跟蹤，枯樹要不是跟蹤我，我們怎麼可能一直遇上？

「穿上。」他說。

「我不要。」我為什麼要穿他的衣服，而且是在這個大熱天裡。我伸手拿下他的衣服丟還給他，他給了我一個白眼，然後把他身上的包包丟給我。因為包包又重體積又大，太過突然，我只能把他的包包抱好，免得掉到地上，對著他說：「你自己不會拿啊？」

「幫我拿一下。」

「我為什麼要幫你拿……」

「小姐，妳的東西都好囉！」老闆娘再次熱情伸手將食物遞到我面前，然後枯樹很自然的接過，就往前走了。

我莫名其妙的跟上去，「你有事嗎？為什麼拿我的東西？你這個人真的很奇怪耶，為什麼都要做一些人搞不懂的事？你可以不可以離我遠一點？還有，你自己的包包你自己拿啦！」

我氣得把包包丟給他。但他沒有接過，包包掉在地上，他卻伸手把我拉向他，把他肩上的那件牛仔襯衫，再次披到了我的肩上，直接扣上釦子，我就像被牛仔襯衫包住一樣。

「你到底在幹嘛！你這樣我怎麼走路？」我大吼。

他再次一派悠閒的撿起他的包包，帥氣的勾到背上，對我說：「妳激凸了。」

我一愣，不明白他在說什麼，什麼凸？胃凸？我都還沒吃到東西哪來的胃凸？我瞪著他，「你在講什麼？你給我說清楚！」

「妳知道妳沒有穿內衣嗎？」他說得非常清楚。

雷再次打到我的頭上。我的手在他的牛仔襯衫內，往胸部遊移。我一摸，嗯，好空，胸前一片空。我一向是洗完澡就準備睡覺，所以不會穿內衣，沒想到我剛剛洗完澡，完全忘了要穿內衣再出門這件事，就這麼坦蕩蕩的走出來逛大街。

到底為何要在台南把我的臉丟盡？

我咬著下唇好想自盡。他看著情緒交錯複雜的我，露出了同情的眼神和遺憾的表情。我想我的終點站到了，我要在人生的這班列車下車了，今天好長，長到我像是活完了一輩子。

我抬頭瞪著枯樹，警告他不准再這樣看我，但他憐憫的眼光加劇，我火大的對他說：「我就是故意不穿內衣不行嗎？我的胸部不能得到自由嗎？」

就這樣，我在人來人往的海安路上，為我的胸部爭取權益，引來一堆人的側目。

枯樹對我比了個讚，再對我拍拍手說：「那衣服還我。」

我下意識退後一步，捍衛我胸部免於感冒的權力，「不要，我會冷。」我就這樣額頭冒著汗，說著鬼話。

枯樹沒有理我，笑了笑繼續往前走。我跑到他旁邊，「麵給我。」難道他都沒發現自己拿了別人的食物，還想走人？

他轉頭看我，「我送妳回去。」

我一愣，拒絕，「不用，我可以自己回去。」

「妳確定？現在全台南人都知道妳沒有穿內衣了。」他把衣唸成了意。我好後悔剛剛自己的衝動，深呼吸了一口氣後，比了手勢請他先走。他聳了聳肩繼續往前走，我跟在他的身後亦步亦趨。

走在他的背後，我這才發現枯樹很高大。他邊走邊四處張望，好像在找什麼東西一樣，我看著他的側臉，看到了在他的眼眶上那長約一公分的睫毛，他是混血兒嗎？我猜測著。

「對。」他卻走在我前面回應著。

我嚇了一跳，「你在跟誰說話？」我問。

「妳啊！妳不是問我是不是混血兒嗎？」

「我有問出來嗎？」我不是只在自己心裡想嗎？

「廢話，還說得很大聲。」他轉過頭來，一臉我沒救的樣子。

嗯，我真的沒救了，完全不知道自己到底怎麼了，也不想知道了。還好民宿很近，一下就到了。

他把麵遞給我，我正要接下，發現身上還有他的衣服，趕緊想要脫掉還給他。他急忙制止，「妳先上去整理好再給我。」我馬上停住動作，我都忘了自己沒穿內衣。

轉身要進民宿，幾個大學生在一樓聯誼廳喝得醉醺醺，有個男孩對著我大喊，「妹妹，一起來喝啊！」居然看著我喊妹妹，可見他喝得多醉。

我閃過那些人，要往裡頭走時，另一個男孩又抓住了我的手，「來啦！來玩國王遊戲。」

我趕緊想要甩開他的手，他卻抓的死緊，下一秒，男孩的手被枯樹用力抓住，一個吃痛放開了我的手，枯樹才放開他，護著我往前走。我才有那麼一點點感動時，枯樹在我身後說了一句，「妳問題好多。」

我沒好氣的回頭瞪他，「明明就不是我的問題。」

他沒有理我，我也懶得多說，上了二樓，我仔細聽著還有沒有呻吟聲，確定沒有，才敢放心邁開腳步。

在房間前面，我拿出鑰匙開了門，轉頭對他說：「你在這裡等我一下。」

他點了點頭，我趕緊進房，快速脫掉他的襯衫，穿上內衣，整理了一下儀容，才打開房門，將衣服還給他。

「謝謝。」我說。

「不客氣。」他回應。

他轉身要走，我也準備進門，突然想到了訂金的錢得要還他。我急忙再次回頭，看到他也剛好回頭，一臉有問題想問的樣子。

我們看著彼此，我率先說：「這房間的訂金要還給你，你等我一下。」

他點點頭，我再次回到房間算好金額，再走到房門口把錢遞給他，說了一句，「其實你可以不用把房間讓給我的。」

他收下錢後，笑著對我說：「因為妳看起來很可憐。」

你才可憐，你眼睛頭髮鼻子全身上下都可憐。我很想對他這麼大吼，但我不想吼了，我發現，跟他這麼一天相處下來，和他這種怪人計較，就是我們這種凡人奇怪了。

原諒他、放下他，阿彌陀佛。

我想起他剛剛一臉有話要說的表情，「你剛要問我什麼？」他正要開口時，對面房門又傳出來嬌喘聲，還有規律的撞擊聲。我和枯樹對看，接著尷尬的各自移開視線。

他清了清喉嚨，「就是想問……」

對面房內激戰，女孩忘情的大喊寶貝好舒服，再次打斷枯樹，下一秒，我聽見身體撞上門的聲音，嬌喘聲好像就在我們的耳邊，啊啊啊啊啊……對面房是春鳥叫，我的房門口是烏鴉飛過。

「下次再問。」他不自然的說完，就把我推進房門，順手為我關上房門，然後站在房門口說：「記得鎖門。」我就這樣聽著他的腳步聲在嬌喘聲中漸漸消失。

搞什麼鬼啊！對面房間的體力是不是太好了？

鎖上房門，狠狠了嘆了口氣後，打開外帶回來的麵和魯味吃了起來，一口接著一口。不知道是餓了太久，還是真的好吃，我很快就把食物解決，然後躺到床上，屬於枯樹房間的幻影還來不及出現，我就睡著了。

我睡得好沉好沉，沉到我一輩子都不想再醒來。

最後，在外頭的一陣吵鬧聲中驚醒。我拿起一旁的手機，發現沒電，抬頭看了眼時鐘，已經是下午一點半。我全身痠痛的坐起身來，外頭傳進來的聲音慢慢變清晰，但當我可以聽清楚時，只聽到最後一句，「不住就不住，有什麼了不起！」

接著是行李箱輪子滾在地板上的聲音，我緩緩下床，踩下每一步都覺得骨頭要散了。走到門邊，小心的開了個門縫，就見一對情侶的背影下樓。

艾咪關上對面的門後，轉身正好和我對上了眼，她給了我一個微笑，向我道歉，「不好意思喔！杜小姐，昨天是不是吵到妳了？」

我一愣，她指著對面房門，我尷尬的笑了笑，搖搖頭，「沒有。」

這是人家的自由，人家能用這樣的聲音吵我，是他們的本事啊！艾咪乾笑，「謝謝妳的體諒，其實有不少客人投訴，老闆請他們要放低音量，他們不是很高興，就走了。」

我不置可否，正要關上門時，艾咪又向我道歉，「民宿有禁止客人帶朋友回來喝酒，昨天晚上有大學生帶朋友進來，害妳嚇到，我們也非常抱歉。」

我再次把門打開，非常好奇的看著她問：「妳怎麼知道？」難道民宿有監控？隨時隨地都能錄影？

艾咪笑著說：「因為您的朋友李先生早上來過一次，跟我們說了住宿狀況，讓妳感到不舒服，真的很對不起。」

艾咪深深的向我彎腰鞠躬，我承受不起，「沒關係，這又不是你們的錯。」這世界上什麼人都有，誰曉得會遇上哪一種人。

像枯樹，我至今也搞不懂他到底是什麼樣的人。

我回到房間，稍做整理，沒有特別想去哪裡，走到哪算哪。我換上舒適的長洋裝和平底鞋，背著簡單的包包，一走出民宿，差點沒被陽光閃到眼睛。南部的太陽和北部的太陽真的是同一個嗎？

我覺得不是。

就這樣走完了海安路，走到了中正路，繞進了國華街，又轉進了正興街，再晃到神農街。喝了鮮魚湯、吃了刈包，買了杯青草茶不夠，再帶個甜食散步。我就從民生路一直走，走到安平，天又要黑了。

我靠在運河旁的欄杆上，看著夕陽緩緩落下。好美的一陣橘，突然想拍下這一幕給丁熒、湯湯和我媽看。一拿出手機，卻忘了手機根本沒電，難怪今天手機安靜的嚇人，急忙用行動電源充電後開機，手機馬上跳了一堆未接來電的訊息。我媽打了一通，丁熒和湯湯各打了兩通，而剩下的八通全是阿泰學長打的，他從未打過這麼多電話給我。

我翻著 LINE 訊息，媽媽貼了一堆東西要我買回去，和丁熒湯湯三人的聊天群組，都在虧我不接電話是不是有豔遇。我想到枯樹，頓時起了雞皮疙瘩，面對他我只有厭世，翻到阿泰學長的訊息，一長串的問題問著，「妳什麼時候回來？幾點的車？要回來了嗎？還是我下去找妳？」

阿泰學長怎麼了？好不像他，通常都是我打給他的。因為我一直記得他說過，他最討厭打電話給別人，因為別人不接時，他會覺得很不爽。所以我總在他打給我之前，先打給他，也從不漏接他的電話，這是十幾年來的第一次。

我撥了電話給阿泰學長，電話一接通，他就氣極敗壞，「杜茉莉，妳搞什麼鬼？一整晚手機都關機，我不是叫妳回台北了嗎？妳到底人在哪？」我聽著阿泰學長凶巴巴的語氣，頓時心裡一陣悶塞，我是因為誰受了傷，所以才來到這裡的？

「我還在台南，下星期才會回去。」

然後阿泰學長回了我兩個字，「不行！」

所有喜歡阿泰學長而壓下的忍耐，頓時像到達臨界點。我再也受不了，我為我自己感到萬分委屈，你不愛我，我不快樂，所以我來試著讓自己快樂，有什麼不對嗎？到底有什麼問題。

「就算你說了八百次不行，我還是會留在這裡。」我倔強的回應。

「反正妳趕快回來就對了。」

從沒有想過，自己居然有一天會對阿泰學長生氣。

但今天就很剛好的是那一天，我再也捺不住脾氣，冷冷的說著，「到底叫我回去要幹嘛？如果你缺人幫你看著小酒館，你可以交代給你女朋友啊！反正你最不缺的不就是女朋友嗎？叫她幫你送洗衣服、整理房間、幫你填滿你家的冰箱，穿著圍裙戴著塑膠手套站在廚房裡洗碗啊！」

說完整整一串話，我差點喘不過氣來，原以兩人就要吵起架來，學長卻只是沉默了一下，接著又說了一句，「我有話跟妳說。」

「等我玩夠了，回去再說。」我在心裡重重嘆了口氣。

以前最害怕的事，就是惹阿泰學長生氣，但經過昨天的大風大浪，我已經死過好幾次，沒有什麼好怕的，反正我再忍氣吞聲，學長也不會愛我，我委屈求全，學長也都是別人的，我再乖巧柔順，也入不了學長的眼。愛了十幾年，我覺得夠了，我這次是徹底想要休息，讓我的心休息。

「杜茉莉！」阿泰學長在電話那頭吼著我的名字，好像我不知道自己叫啥似的。

「你不用那麼大聲，我知道我叫什麼。」我說。

「我下去找妳，給我飯店地址。」一向只有我向他走近，學長竟難得的想向我靠近。我還在意外時，身子被腳踏車一撞，手裡的手機就這樣掉進運河裡。對的，不是什麼水溝蓋，不是什麼溪邊，就是運河，那望下去根本看不到底的運河。

我的手機掉在裡頭，我感到絕望、憤怒。

我馬上回頭大罵罪魁禍首，「你到底為什麼要在人行道上騎車？」

一對外國老夫婦滿臉歉意的看著我，太太的腳踏車還倒在地上，看起來就像是不會騎車的模樣。

我努力深呼吸後再深呼吸，用著我破爛的英文說：「My cellphone! Down! What do you do!」我的手機，掉下去了，你要怎麼辦？

外國夫婦直說 sorry，再加上好長一串英文，我只聽得懂幾個單字，you、we、my wife、money……我根本聽不進去他們說什麼，我只想拿回我的手機，我電話都還沒有講完啊！

我看向運河，感到絕望。如果我從這裡跳下去，會有人包粽子紀念我嗎？

頓時，我身後響起了一串流利的英文，如果我沒有聽錯，這是枯樹的聲音。我轉過頭去，That's right，枯樹正在跟老夫妻交談，三人原本嚴肅的臉，到後來變得有說有笑。

但有什麼好笑，掉的是我的手機，我這個苦主笑不出來，OK？

枯樹走向我，再次一對我投以複雜的眼神，「那對加拿大夫妻願意賠妳手機費用，是他們的錯，他太太不太會騎車才撞上妳，他們覺得很抱歉。」我看著老夫妻又緊張又擔心的表情，太太又一臉要哭的樣子，我的臭臉才香了一點。

人家不是說台灣最美的風景是人嗎？我那台 iphone5 也用了好幾年，螢幕裂了、電池也常充不滿，早就該換了，只是捨不得換。老天可能也看不下去，希望我的人生可以好好重來。

我嘆了口氣，對著枯樹說：「跟他們說不用賠了，下次要再來台灣玩。」枯樹很意外，但還是幫我翻譯了。

那對夫妻才露出安心的臉，太太上前擁抱我，又快速了說了幾句話，我望向枯樹，他很識相的翻譯，「她說感謝妳，像妳這麼寬厚的女孩，會一輩子幸運。」

屁啦！

雖然很想這麼回她，但我還是只能笑笑的說了一句 thank you。

外國老夫婦走後，天色完全暗了下來。枯樹看著我，忍不住搖頭，「我覺得妳和台南不合。」

我冷笑，「是跟你不合吧！為什麼每次都被你撞見，你是不是跟蹤我？」

我知道自己不是個多有福氣的人，父親早死，大姊不見，妹妹又不想和自己熱絡，但要像這兩天這麼倒楣也真的是不容易。

換他冷笑，「妳憑哪一點覺得我會跟蹤妳？」他上下打量了我一眼，對我的姿色顯得不屑。

我氣得推開他，「那就別老是出現在我面前。」

他一臉無奈，「妳以為我願意嗎？誰叫妳看起來就很可憐！我就善良啊！」他把良說成娘。

本想離開，但再次聽到他說我可憐，我衝向他，伸手就狂打。毫不客氣，不是那種撒嬌的你討厭，每一拳都真真切切的打在他的身上，是那種「你這個王八蛋，有種你再給我說一次」的狠勁。

「我哪裡可憐了？我再可憐也不干你的事，不准你說我可憐，不准！」在我要用力出最後一拳時，他輕鬆的閃了個身，我再次跌了狗吃屎。他也嚇了一跳，沒有想到我會跌倒。

我趴在地上，不知道是因為右手腕傳來的疼痛，還是內心壓抑這麼久的委屈和心傷，讓我再也受不了自己的狼狽，忍不住放聲大哭。枯樹急忙蹲到我的旁邊，「妳沒事吧！痛嗎？」

「我有事！超有事，我全身上下都有事！」我邊哭邊說，第一次發現枯樹臉上會有慌張的表情。但我管不了他那麼多，我現在想做的事就是哭，用力的哭。

我的人生一團亂，很值得哭啊！

我哭到對面海產店的客人都跑出來看，粗壯老闆穿著白色吊嘎，還拿著鍋鏟走到我們這裡關心，「小姐，妳沒事吧！他欺負妳嗎？」

我用力點頭，老闆拿著鍋鏟就想往枯樹頭上打去，枯樹急忙閃開說著，「我不是故意害她跌倒的，我會負責！我會負責！」

老闆這才停下手，跟枯樹要了手機號碼，然後對我說：「小姐，他如果沒有負責，你就來對面找我，我陪妳去報警。」

老闆人太好，我感動得一塌糊塗，又忍不住大哭，「謝謝老闆。」

老闆從大漢變身暖男安慰著我，「不用謝，不用謝！老闆給妳靠，我的客人也都是證人，別哭了啊！」老闆要離開前，又用鍋鏟警告枯樹，枯樹急忙退後一步，我這才甘願笑了。

活該。

見我笑了，他惡狠狠的瞪著我，「開心了嗎？」

我伸出手想對他比「一點點」時，發現手腕根本動不了，我痛得皺眉說不出話來。他見我表情不對勁，走到我旁邊，試著碰我的手，結果他一碰，我就痛得直接用另一隻手抓住他的頭髮，我叫他也叫。

然後他抓下我的手，撫著被我抓痛的地方，氣呼呼瞪著我說：「妳那隻手扭到了啦！」

不會吧！我看著我動彈不得的手腕，又想要哭了，怎麼可以那麼倒楣啊！

枯樹只好向海產店老闆求救，於是我們就搭著店裡熟客的順風車，來到了大家熱心介紹的骨科診所看醫生，熟客離去前，還叮嚀枯樹好好照顧我這個女朋友。我們難得的有默契，一起大聲澄清，「我們不是！」

海產店熟客一愣，笑了笑，「以後搞不好就是了，下次結婚再來台南玩啊！」這次我們什麼話都來不及說，熟客就開走了。

算了，何必在意這種玩笑話。

我轉身走進診所掛號，枯樹跟上，我對著他說：「我可以自己看醫生。」

他用力搖頭，「我說過我會負責的。」

這句話聽起來很怪，幸好這裡不是婦產科，我懶得理他，用左手想拿出證件。但身為公司財務總監的我，左手除了打計算機，就什麼事也不會做。枯樹見我手殘，只好為我拿出證件，還為我填寫了所有資料，我的個資在此時此刻全洩露了。

「杜小姐，妳是十三號，到號了會叫妳。」我點頭，枯樹為我付了掛號費，收好我的證件，我抬頭看到洗手間，便往那個方向走去。

枯樹從後頭拉住我，「茉莉，妳去哪？診間在那裡！」他指著反方向，我聽他叫著我的名字叫得如此順口，好像我們上輩子就認識了一樣。

「我要上廁所。」我瞪著我仍一無所知的枯樹說。

他恍然大悟的點了點頭，然後問：「妳可以嗎？」

我沒好氣的看他一眼，「不可以的話，你要幫忙嗎？」他一愣，我甩開他的手，往洗手間走去。

吃力的上完廁所走出來時，看見他居然站在女廁前面，嚇了我一跳，「你在這裡幹嘛啊！」

他著急的說：「換妳了！」然後牽著我另一支沒有受傷的手，往診間走去，我的手心頓時莫名發熱。

在我還搞不清楚剛才到底發生了什麼事時，醫生摸著我的手，對我說了一句，「我們先照X光。」

我回神點頭，接著應付一連串的看診和問答。不愧是大家都推薦的醫生，非常細心又有耐心，反正，最後就是我的手真的扭傷了。

我帶著包紮好的手，離開了診所，站在門口準備和枯樹分道揚鑣時，他對我說了一句，「我們去吃點東西。」

我看著他對我露出微笑，然後我回他，「可是我不想和你一起吃東西。」

他卻再次對我說：「可是我要負責，妳手這樣沒辦法吃飯吧。」

我搖頭，「不用！」

「要！」「不用！」「要！」「不用！」我們就在診所外不停循環。

不知道他在堅持什麼，「不用怕海產店老闆會去找你，我不會跟他說的。」我掛保證。

他卻看著我說：「我不在乎老闆，是因為害妳受傷的是我，我本來就有義務照顧妳，直到妳的手復原。」

我翻了白眼，這世界上哪有誰有義務對誰好，會想對那個人好，純粹就是因為愛而已，「真的不用。」我說完後轉身要走。

他又拉住我，「要！」

我再次轉身，「真的不用。」他又抓住我。我火了，這人可以不要把堅持放在這種奇怪的地方上嗎？「我說真的不用！」我大聲強調。

他也跟著我大聲，「我就是要！」

我氣到不行，「這麼愛負責，那你負責我一輩子好了！要不要？」

他也負氣的說：「妳覺得需要，我就負責一輩子啊！」

一旁走過的路人發出了讚嘆聲，哇嗚！看著路人們打趣的眼神，我發誓這輩子不會再來台南，我這輩子的臉全丟在這裡了。

「有病耶你。」我說。

他點頭，「妳也有病啊！」我被堵的無言，看著他又瘦又佈滿風霜的臉，加上無比堅定的眼神，我忍不住笑了。我們真的都有病，才會站在這裡，做些毫無意義的掙扎。

「吃什麼？」我妥協了，

於是，我們回到海產店。老闆見到我們開心招呼，酒像是不用錢的往我們桌上放。「盡量喝，但妹妹妳手受傷，喝一點就好！我們台南人厚，就是好客，不是什麼綠巨人浩克喔！我們喜歡大家來玩啦！來！敬浩克一杯，吼！」老闆學著浩克發出低沉的叫聲，我笑了，其他客人也笑了。

但枯樹沒有笑，我猜他應該聽不懂。轉頭看到他一臉認真，像在做手術一樣，用剪刀和叉子把食物剪碎，再放到我的湯匙上，「好了，可以吃了。」好像我是他的一歲女兒。

我笑了笑，大口的吃下食物，他一臉訝異的說：「我以為妳又要說『我不吃』！」最後三個字在模仿我的語氣。

我笑了笑大叫，「老闆！」

他嚇了一跳，「妳叫老闆幹嘛啦！又要告狀嗎？」

老闆聞聲跑來，「要什麼？」

我笑著對老闆用手指比了個小愛心，「這個三杯花枝是我吃過最好吃的。」

「我們店裡每一道一定都是妳吃過最好吃的啦！等等煮個石斑魚湯給妳補補！」老闆一臉得意地離開。

看枯樹鬆了一口氣的樣子，我笑他，「俗辣！聽得懂嗎？聽不懂對不對？」

「妳才是俗辣！」

「你聽得懂？你不是混血兒？」

「我廈門混台灣啦！」

我大笑，「那為什麼你有漂亮的綠眼珠？」

「我外婆是半個芬蘭人。」芬蘭耶，我這輩子有辦法去過一次嗎？我忍不住再問：「那你為什麼說話有口音？」

「我一直在英國生活，最近這幾年才回來，口音已經比之前好一點了。」他回答後，又再為我剪碎炒麵，放進我的碗裡。

我吃了一口，好奇的繼續問著，「你為什麼自己一個人來台南？」

他吃了口烤肉，看著我反問：「那妳為什麼自己來台南？妳看起來不像來玩的。」

我笑了笑，「不然像什麼？」

「像來找東西的。」

我一愣，「什麼意思？」

「妳看起來像是來找快樂的。」

「我看起來很不快樂嗎？」

「妳覺得自己快樂嗎？」他繼續問我，問得讓人心煩，誰准他問這麼深入的問題？

「我們有很熟嗎？我連你名字都不知道，我有需要告訴你我快不快樂嗎？」

他一臉無所謂的笑了笑，「我叫李昊天，妳可以叫我阿天，或是叫我的英文名字Matt。」

我翻了白眼，「我沒興趣知道你的名字是什麼，你在我心裡已經有名字了。」我灌了杯啤酒後說。

他搶下我的酒杯，「老闆說妳不能喝多，我在妳心裡叫什麼名字？」

我拿走他的酒杯，灌下了杯裡了酒，「枯樹。」

他一怔，「什麼意思？」

「因為你整個人看起來很乾，又黑又高，臉上又有皺紋，好像一棵長在草地上，精力耗盡的枯樹。」我大膽的說，跟枯樹沒什麼好客氣的。

我以為他會不高興，畢竟一個年輕男子，被說得好像過了更年期似的。

但他沒有生氣，反而笑了幾聲，「妳說得沒錯。」接著拿出他的證件，身分證上他的照片看來就像個高富帥。

我驚訝的問他，「你被卡車碾過嗎？」

他沒好氣的敲了我的頭，「這叫男人的歷練。」

等等，我抓回他的手，看著身分證上的出生年月日，不敢相信眼前這位男子，居然還小我三歲，「你長這樣居然比我小？我需要買醉，快點給我酒！」

他笑了笑，為我倒了杯果汁，「不准再喝了。」

換我伸手敲他的頭，「敢管姊？你還沒說你來台南幹嘛？」

他愣了一下後，緩緩的說：「找人。」

「找誰？」

他難得露出了溫柔的眼神，看向前方，輕輕說著，「一個在我生命中最重要的人。」

我看著他正經的表情，想著他所謂的歷練，便是想找到那個人吧！就像我的每一次出走，都是想找到一個我喜歡的自己一樣。

「那你找到了嗎？」我問。

他苦笑搖頭，我在他臉上看到我也曾出現過的無奈表情。

我沒有再問下去，多羨慕可以被人如此深埋在心中。這輩子，我有可能成為誰最重要的人嗎？我想是沒有什麼機會了。我一口乾掉了果汁，但口中的甜，卻抵擋不住心裡的不停湧出的酸楚。

原來，我們都在找尋什麼。

第三章／錯過

「恭喜。」我對著胸口別著新郎花牌的阿泰學長說。

阿泰學長笑了笑，向前緊緊擁抱了我，「謝謝我的好茉莉。」我心痛的輕推開他，離開他的懷抱。原本只是他的女友小宣，穿著新娘禮服，手裡抱著一個嬰兒，後面再跟著一個小孩。她突然把嬰兒放到我的手上，再把一旁的小孩推到我的身邊。

我莫名其妙，小宣笑著說：「小孩再麻煩妳了，我和阿泰要去夏威夷度蜜月了。」

「不要，我為什麼要幫你們顧小孩？」我驚慌的想把小孩還給他們。

但小宣說了一句，「妳不是阿泰的專屬女傭嗎？現在我們結婚了，妳就是我們夫妻的女佣啊！小孩顧好。」小宣說完，她和阿泰學長便恩愛的往外走去。他們迎向光亮，我卻留在黑暗，一旁的小孩頓時大哭。

我嚇了一跳，不知所措。他們越哭越厲害，我也忍不住哭了起來，我為什麼會變得這麼慘，為什麼阿泰學長連結婚了都不放過我？我放聲大哭的同時，小孩竟然一個變成了兩個，兩個變成了四個，四個變成了八個，越來越多……眼見一大群小孩就要淹沒我，我忍不住放聲尖叫。

「啊！」我從惡夢中醒了過來，但害怕的心情沒有停止，臉上也還流著淚水。

突然一道聲音從我旁邊傳出，「吵死了！」

我嚇了一跳，不管那聲音是誰，伸手就是狂打狂揍，都忘了自己手扭傷，那驚嚇超過了疼痛，想把夢裡的怨氣發洩出來一樣。空氣裡頓時充滿了我的哭泣聲、巴掌和拳頭落在肉身上的悶聲和另一個人哀哀叫的聲音。但沒有持續太久，我的手就被箝制住了。

「夠了沒？妳的起床氣也太奇怪了吧！」

我這才真的從夢裡走了出來。緩緩睜開眼，吞了口口水，映入眼簾的，是枯樹睡眼惺忪的模樣，頂著一頭剛被我打亂的捲髮。

怎麼一瞬間覺得枯樹的樣子有點性感？而且他還裸了上身。一直以為他很瘦弱，沒想到藏在T恤裡的胸膛竟然很結實，往下一看，哇，有六塊肌耶！

但越看越覺得哪裡不對勁，為什麼他會裸體出現在我眼前，而且還是在床上？

我緩緩望了一眼週遭的環境，怎麼不是我的民宿房間，我到底在哪？我只記得昨晚在海產店吃飯喝酒，怎麼今天醒來就在別人的床上，這難道就是電視劇裡演的酒後亂性？我多年來為了阿泰學長守身如玉，難道在昨晚葬送了？

我慢慢低下頭，看到我身上只穿了一件內衣，還是我們公司的暢銷款。再抬頭看著枯樹，我又忍不住尖叫。枯樹馬上放開我的手，把我攬向了他，一手摀住我的嘴，「別叫了，吵死了！」

這種大片肌膚碰觸的灼熱感，陌生得讓我不得不一把推開枯樹。他向後倒，跌到床下，然後我的右手腕痛得讓我快要噴淚。

枯樹吃痛皺眉站起來，狠狠瞪著我，「妳有病啊！」我著急的想要移開視線，害怕他連褲子都沒有穿，但幸好他穿著一條格子四角內褲。

這好像也沒有比較好，我的右手痛歸痛，可是我還有左手。拉起棉被蓋住自己，慌張的對說他，「我們昨天是不是一夜情了？」

他先是一愣，接著放聲大笑。

這是我第一次看到枯樹笑得這麼激動，雖然他會笑，但我總覺得他笑只是一種禮貌、只是一種情感的掩飾，偶爾帶著一抹無奈。現在眼前的他笑得好真切，好像我真的講了多好笑的笑話，但我不懂這到底有什麼好笑的，「笑什麼啊你！」

枯樹仍是笑著，撿起披在沙發上的牛仔褲穿上，那笑聲聽起來很不舒服，好像我說了什麼傻話一樣。他又走到電話旁，邊偷笑邊打了電話向飯店櫃檯要了一些冰塊，接著走到我面前，坐在床邊，非常狠心直接的對我說了一句，「妳知道嗎？鬼才要跟妳一夜情。」

我非常生氣，我可是全台灣這個年紀剩不到百分之七的處女。雖然三十三歲了，皮膚還算緊緻，身材也沒有走樣到哪裡去，除了每天坐在椅子上越來越大的屁股之外。枯樹有什麼資格這樣嫌棄我？

我氣得拿枕頭丟他，手又更痛了。他卻從容閃過，皺著眉，「妳夠了妳，是想要變殘廢嗎？」

我火大，朝他吼，「變殘廢也想打死你這個臭嘴，要是真的發生什麼事，吃虧的是我好嗎？」

他再次嫌棄的看了我一眼，「跟一個喝到爛醉又吐得滿身都是的女人一夜情，我真的做不到，我胃口沒有那麼好。」

什麼意思？我昨晚有這麼過分？

此時傳來門鈴聲，他拿起一旁的襯衫丟給我，「先穿上。妳的衣服我洗好了，還晾在浴室。」接著轉身去開門。我有點愧疚，急忙穿好衣服，但扣釦子對我來說有點困難。

枯樹不知道什麼時候已經拿了包著毛巾的冰塊，敷上我的右手。「拿著。」他說，我乖乖的伸出左手接過，他開始為我扣上襯衫的鈕釦。

我還是滿肚子疑問，小心翼翼的問：「我昨天真的喝得那麼醉？」

他冷眼看我，「不是醉，是瘋，連海產店老闆都要我快點把妳帶走，妳差點害人家打不了烊。」他把烊唸成癢，有點可愛。但他越說我越抬不起頭，我很少喝這麼多酒，因為我媽常說，女孩子一次三杯，不管什麼酒超過三杯就是多，我昨晚可能喝了三千杯。

「Sorry，你其實可以把我丟在民宿。」我說，我也不是愛麻煩別人的人，枯樹把我丟著不就好了，他也知道我住哪啊！

他看著我冷笑，「妳以為我沒想過嗎？可是我找不到妳的鑰匙，妳還吐在民宿大門口。」

我瞪了大眼睛，此生沒有這麼失控過，不禁懷疑起真實性，「你不要為了讓我有罪惡感，故意說得這麼嚴重喔！」

他火大的扣好最後一顆釦子，瞪著我說：「我們可以請民宿調監視器，看我怎麼在門口清妳的嘔吐物。」

我乾笑了幾聲，枯樹此時此刻成了我生命裡的大樹。我感恩的說：「辛苦你了，所以你帶我回來你的飯店，幫我脫掉髒衣服去洗，但沒有跟我一夜情？」

他看著我很嚴肅的點了點頭。

我卻忍不住脫口而出，「為什麼？」他也喝了酒啊！為什麼我們沒有酒後亂性？難道電影電視演的醉後發生關係都是騙人的？

他在我眼前一愣，「什麼為什麼？」

「為什麼我們沒有酒後亂性？你都脫掉我衣服了，難道你沒有衝動嗎？」我問。

他失笑，伸手彈了我的額頭，「有，想殺死妳的衝動，但我不想為了妳坐牢，我還有更重要的事要做。」

我一臉失望，自信跟手機一起沉入台南運河裡。連衣服被脫光了，對方還不願意吃我豆腐，也難怪我這麼多年在阿泰學長身旁，就只是一個好朋友、乖妹妹和稱職女佣。身為女人，我真的好失敗，全身散發不出半點魅力，沒有半個男人喜歡我，活著還有什麼意義，我也一起去沉進運河算了。

「妳表情為什麼這樣？」他看著我，好奇的問。

我嘆了口氣，「我只是以為，活著至少能做一次愛。」我也不知道，平常保守的我來到台南為什麼變得這麼大膽，什麼話都敢說，這是迴光返照嗎？或許覺得人生大概就是這樣子了，還有什麼好不能說，有什麼好不能做的？

枯樹像是被嚇到一樣，木訥的看著我，不知道怎麼回應。我冷冷的望了他一眼，「什麼話都不要說，我不想聽，讓我一個人靜一靜。」說完我又躺回了床上，哀悼我這始終給不出去的第一次。

結果枯樹的聲音突然在我身旁響起，語氣嚴肅的站在床邊說著，「杜茉莉，這些話不要在別的男人面前亂說，妳會受傷的。」

我頭埋在枕頭裡，悶悶的說著，「有差嗎？」

他把我拉起來，表情非常認真，雙手捧著我的臉，和我四目交接，像在警告女兒一樣的說：「有，我不希望看到妳受傷。」

我一愣，發現他這麼真摯表情有點迷人。煩躁的揮開他的手，「算了啦！我早就千瘡百孔了。」我又躺回床上，感嘆自己這三十三年來到底都做了什麼。

但枯樹沒讓我繼續低落太久，伸手又把我拉起來，對著我說：「該出門了。」一分鐘後，我的身上多了一件他的牛仔短褲。

他跟飯店借了腳踏車，載著我來到昨天那間骨科診所，示意我下車。

「幹嘛？」我問。

「妳的手有一個太瘋狂的主人，它需要再看一次醫生。」他說著，將腳踏車放斜，好讓我安全下車。

我下車看著他，「你太誇張了。」

他聳聳肩，邊停車邊對我說：「是妳對自己的身體太無所謂了。」我在心裡苦笑，我無所謂的何止是身體，是我整個人生啊！笨蛋。

眼見我的傷勢居然比昨天惡劣，醫生感到不可思議，「怎麼會這樣呢？」我頓時感受到枯樹眼裡傳來的寒意，結果今天多挨了支針，醫生又叨唸了我好一陣子，我才從診所全身而退。

枯樹牽出腳踏車，轉頭對我說：「先去吃點東西，我再送妳回民宿。」我看了他一眼，說了句隨便，然後走在他的旁邊，走過騎樓，走進小巷，繞進小道。

「想吃什麼？」他問，我仍是一句隨便。低頭看著地上兩人一車的影子，突然覺得，雖然這次旅行發生了好多磨難，卻一點也不孤單，滿好的，我看著影子笑著。

我們走出小道，轉角剛好是我手機門號的電信公司門市。想到我出來兩三天了，都還沒能向我媽報個平安，出門前她的交代，應該也順便沉到運河了，不曉得划龍舟的時候，會不會划到我掉在這裡的好多東西。

我叫住了想過馬路的枯樹，「等等，我先想買支手機。」

枯樹點了點頭，陪著我進去。他大概以為我會很久，走到書報架前，拿了好幾本雜誌，才剛坐到我旁邊的位置，我就已經在結帳。他有點詫異，「這麼快就決定了？」

我點了點頭，「就是買最好的那支啊。」

我對物質的慾望並不高，當然偶爾會有很想買的東西，但只要想到我媽那時多辛苦的賺錢帶大我們，我就寧願把錢省下來，讓我媽去花，即便現在公司賺錢了，我也很少去買過高單價的手機。但今天不知怎麼的，想痛快的花個錢。

櫃檯人員很快的幫我補辦好了電話卡。感謝科技的進步，新的卡只要十五分鐘就可以開通，讓我回到一個有網路和手機的世界，還貼心的幫我從雲端下載好備份資料。才剛設定好手機的應用程式，就又有一堆訊息和未接來電跑了出來。

我和枯樹走出門市，聲音還在響著，他忍不住問：「妳生意做很大？」

我認真回答，「是滿大的。」今年可能會有國外代理商找我們合作，很快就要行銷全世界。但他以為我在開玩笑。

我拿起響個沒完的手機，忍不住心疼的看著，「一支手機要三萬多，真的很貴耶。」

他看著我笑了出來，搖了搖頭說：「妳真的很怪耶。」他把怪唸成了乖。我點點頭，我可是人人公認的好女兒。

接著我們經過一間賣咖啡的小店，他突然停了下來，認著的聞著咖啡香，然後走到點餐櫃檯看著菜單，最後點了杯美式，轉過頭來問我，「妳要喝嗎？」

我搖頭，想起第一次碰到他時，他拉著我的手聞咖啡香的樣子，發現他對咖啡有種莫名其妙的堅持。「你很愛喝咖啡？」

他笑了笑，沒有承認也沒有否認，突然轉過頭來問：「那天火車上的咖啡，是在哪間店買的？」

又問？「為什麼那麼執著那杯咖啡？害我差點以為你是變態！」

他一臉驚訝的調侃我，「難道現在妳就不覺得我是變態了嗎？」

我瞪了他一眼，才想罵他時，店員喊著，「先生，你咖啡好了，六十元謝謝。」

我用表情示意放他一馬，他一臉逃過一劫的神色，走向店員，準備付錢，結果雙手在身上摸來摸去，就是摸不出錢包。見他表情不對，我也走了過去，「怎麼了？」

他疑惑的對我說：「奇怪，我昨天也是穿這條褲子，錢包就在口袋裡，怎麼會不見了？」

「你會不會是回飯店的時候拿起來了？」我試著猜測其他可能。

他搖搖頭，「我不是那麼勤勞的人。」

我點了點頭，「這倒也是。」

他瞪了我一眼，我乾笑幾聲，先幫他付了那杯咖啡錢，因為那店員好像怕我們跑掉的樣子。付完錢，轉身見他似乎很不安，我急忙安慰，「你先別急，錢包如果好好放在口袋，是不可能不見的。」

他緩緩低下頭看我，「它是好好放在口袋，是怕昨天為了抓某個喝醉的人，從口袋裡掉出來了。」

我頓時全身僵硬，臉瞬間脹紅，尷尬的希望把傷害減到最低，「你的錢包裡只有錢吧！」

他苦笑，「還有我的證件、信用卡……」

雷又打到了我頭上，我瞪著他，「那你還站在這裡幹嘛？」

我拉著他坐上腳踏車，要他先往他住的飯店前進。兩人翻過一遍飯店房間，沒有看到錢包，我又趕緊抓著他往民宿去，問接待人員有沒有撿到，但還是沒有。那最後一個可能便是海產店了。

結果兩人騎到門口，喘到差點往生，店卻沒有開，老闆貼著紅紙上面寫著，「今天看球賽，明天再來。」

好了，一場空。

「報遺失吧！信用卡就先向信用卡公司掛失，對了！證件不見是不是要報警啊？」我拿起手機慌張按著，不知道在按什麼，畢竟我從來沒有不見過錢包。就像我覺得昨晚的夢讓我痛哭，也是因為我沒有生過小孩，完全不知所措。

結果這位大哥反而一臉鎮定，用著豁達的表情對我說：「算了，我相信如果有人撿到，他會還我的。」

我忍不住摸摸他的額頭，「你哪裡病了？你不見的不是內褲，是一個錢包，誰會還給你啊！」

他笑著揮開我的手，「妳對人性太悲觀了。」我狠狠的在他面前翻了個大白眼，在一個看過我幾近裸體，跟我睡過同一張床，對我完全沒有侵犯念頭的男人，我需要維持什麼形象嗎？

一絲一毫都不必。

我補上一句，「喂！你也都三十了，還這麼天真不切實際，趕快長大好嗎？」

換他斜眼看我，「我說過妳可以叫我阿天，不是喂，而且我長的很好，謝謝妳的關心，妳就是心裡沒有希望，才會看起來可憐。」

又說我可憐，硬把我往死裡踩，一刻不惹我生氣好像會死一樣。我火大的瞪著他，「好，來打賭，如果今天六點前你的錢包沒有下落，就算你的天真輸。如果真的有人還，就算我的悲觀輸，輸的請吃大餐，台南大飯店！賭不賭？」

他二話不說，伸出手想跟我打勾勾。我冷冷看了他一眼，伸出我的小指勾上他的小指，「幼稚。」我忍不住酸了他一句，「看你輸了怎麼請客！」

他一臉無所謂的說：「妳又知道我會輸？」

我看著手機上的時間，是下午兩點半，「你還有三個半小時可以掙扎，如果你現在跟我說，姊，我錯了！我可以直接取消這次打賭，還請你吃大餐。」身為年長他三歲的前輩，我真不想讓人家覺得我在占他便宜。

「作夢。」他回了我這兩個字。我瞪了他一眼，踢了一下腳踏車，他瞪著我，不屑地嘖了一聲，我們就這樣互相怨懟的走在古都的老街上，整條路上都是我們的仇恨值。然後我們一如過去對愛恨情仇的認知，以為恨一個人就會飽了，結果走不到十步，他的肚子和我的胃就叫了起來。

同時叫著，約莫九十分貝，我們互看了一眼後，我轉頭看著附近店家，正好一旁有間蔥肉餅店，決定先買兩塊蔥肉餅。現在這個時候絕對不能吃太飽，畢竟晚上還有大餐等著我吃。

於是，我們到了一棟寫著「台南地方法院」的古蹟外，坐在階梯上吃起蔥肉餅，邊感受著府城的氣氛。心裡有種得來不易的寧靜，蔥肉餅和法院的搭配，竟一點也不違和，溫度稍高的微風吹在臉上，也一點都不討厭。我用餘光瞄了一眼枯樹，發現他的表情和我差不多，他應該也滿享受的吧！

但他吃到一半卻突然把餅給我，對我說了一句，「等我一下。」然後就往前方跑去。

我也不覺得怎樣，可能慢慢習慣他的風格了。加上肚子太餓，我很快就把餅吃完，拿出口袋裡的手機，撥了我媽的號碼，卻沒有人接。

點進我媽的 LINE 對話視窗，留了言給她，告訴她不必擔心，我很OK，再跟丁熒和湯湯報備一下我還活著後，枯樹回來了。他帶著一瓶礦泉水，扭開瓶蓋遞給我，說了一句，「妳買蔥肉餅給我吃，我身上只有二十塊，只能買水請妳喝。」

我看著他額頭滑下的汗水，莫名覺得感動，這男人把他身上僅有的家當都花在我身上了。我接過水大口喝了起來，難得的對他說了聲謝謝，這是我們難得和平相處的時刻。我忍不住問著，「你會在台南待滿一個星期？」

他聳了聳肩，「不一定，想走就走。」

突然，我的手機響了，我以為是我媽，很快的接了起來。不料電話那頭傳來的是阿泰學長的聲音，非常憤怒，「妳到底在搞什麼鬼？為什麼電話又關機？不知道大家會擔心嗎？」學長的聲音大到枯樹都聽見了，他一臉尷尬的轉過去，看著地方法院的門。

我無奈回應，「有什麼好擔心的，我又不是小孩子了。」

「妳是不是對我不高興？」

「沒有。」對學長除了喜歡，已經沒有位置裝得下不高興。

「那妳為什麼這麼奇怪？先是自己跑去台南，然後手機又不接，這麼難聯絡，妳真的是自己去玩嗎？」阿泰學長才奇怪，他從來就不關心我跟誰出去，我上次去高雄半個月，他也沒有表示過什麼，我還記得他叫我幫他那時的女友買某家有名的鳳梨酥。怎麼這次來台南，他就一直連環 call？

我也奇怪，以前不覺得不耐煩，但此時此刻我一句話都不想多說，更不想解釋什麼，「沒什麼事我就先掛了。」以前巴不得阿泰學長每天找我，現在卻想掛他電話。

「等一下！我是有事要問妳。」阿泰學長的語氣變得柔和了一點。

我停住本來要按下結束通話鍵的衝動，「怎麼了？」我問。

「妳記得店裡的水號嗎？我忘了去繳水費。」他說。

我很快的背出一組號碼給他，提醒他，「去設定自動轉帳，就不會忘記了。」我說完，便掛了電話。

手機的電話鈴聲沒有再響，而是 app 的訊息通知鈴聲狂噹。我滑開手機一看，還是阿泰學長，「我那件皮外套，是妳拿去送洗的嗎？在哪？」平常都沒有問題，今天問題特別多，像是故意找碴一樣。

我懶得用殘廢的手打字，直接留了語音訊息，「早就拿回來了，在你左邊的衣櫃裡。」

接著又是另一個問題，「我的印章和身分證在哪？」

我嘆了口氣，再次回應，「放在你書桌的右邊第二個抽屜。」

然後又一個問題，「妳打算什麼時候回來？」

我按掉，不想再回應。枯樹望了我一眼，淡淡的說了一句，「妳該不會是跟男朋友吵架，然後跑出來吧。」

我苦笑，「他不是我男朋友。」

他若有所思的看著我說：「但感覺妳像他女朋友，不，像他媽媽！」

我瞪了他一眼，「少管閒事。」

他突然語重心長的對我說了一句，「付出要放在對的人身上。」

就說他好天真了，我忍不住吐槽他，「對的人又不會寫在臉上，你怎麼確認那個人是不是對的。」

他一臉「妳搞不清楚狀況」的不屑表情，抬高下巴一臉自信的對我說：「那還不簡單，付出有去無回就是錯的啦！看妳這個樣子應該錯的很離譜。」

我氣得又想伸手打他，他馬上抓住我的手出聲警告，「喂！妳想再去看第三次醫生嗎？」

我甩開他的手，沒好氣的對他說：「錯的還是對的，又不干你的事。」

「我是為妳好。」

「感恩喔！你大愛系的？」

「妳態度很差耶。」

「好好笑，你態度就很好？」

「我是認真在跟妳說，大部分的男人都很糟糕。」

「我看你也是那大部分之一！」我吐槽他。

「我是啊！我承認。」

結果他居然這麼爽快的對號入座，反而讓我不知道該什麼說，想罵他又不知道怎麼罵，他自己都說他自己很糟糕了，我怎麼好意思繼續落井下石？「你知道錯了就好。」我寬宏大量回應。

他沒好氣的看著我，大概覺得我除了很會發酒瘋外，還很會順水推舟，把他直接推進漩渦。

以為他又要再講什麼刺激我的話，結果卻是告訴我，「要好好保護自己，知道嗎？」又來了，我寧願他跟我吵架，「你這麼正經，我真的很不習慣。」我說。

「原來妳這麼快就習慣我了？」他得意的對我說。

我哪有！這三個字還來不及澄清，換他的手機響了，他迅速接起，我根本不在乎是誰打給他，我心裡想的都是「習慣他」這件事，我有嗎？我真的有嗎？沒有吧。

我發現自己對那三個字竟然也沒有很確定時，差點就嚇壞了。結果他一掛掉電話，開心的跳起來大叫，還真的嚇到我了，一顆心像健達出奇蛋，有好幾種感覺，讓我有點消化不良。

「吵死了。」我火大的說。

他歡天喜地的拉我進懷裡，像個小孩跳著說：「妳要請我吃飯了，我錢包找到了。」

我嚇得推開他，不知道是因為這個突如其來的擁抱，還是因為台南大飯店的大餐，「怎麼可能啦！」我說。

「有可能啊！因為已經發生了。」他笑著，急忙拉著我坐上腳踏車，載我在馬路上狂奔，我看著他的背影，這輩子的好多第一次，都和騎車的這個人一起碰上了，而我們只認識不過三天，真是太奇妙了。

很順利的拿回錢包，原來掉在民宿附近的鐘錶行前面，被老闆撿到了。本想說等失主回去找，但一直等不到，便拿去警察局報案，所以剛剛那通電話是警察打來，要枯樹去拿回錢包的。

他拿著皮包在我面前晃來晃去炫耀，我懶得理他，但打的賭，我說到做到。我對著他說：「六點，台南大飯店門口，不見不散！」

他點了點頭，「沒問題。」

於是我們先暫別，我得要回民宿好好洗個澡、換件衣服，畢竟我現在身上穿的還是他的襯衫和短褲，他對我說了再見，嘴角失守偷笑。我看了覺得礙眼，「贏我是有這麼爽嗎？」

他非常用力點頭，「贏的不是一頓飯，是一個堅守的價值。」

真是夠了，再聽他繼續說下去，晚飯也不用吃都飽了。我轉身背對他揮了揮手後，便走進民宿。才剛回到房間，我的手機又響了，我以為是阿泰學長，但不是，而是湯湯。

一接起來，我都還沒有說半句話，湯湯著急的聲音就從電話那頭傳來，「茉莉！阿姨在浴室跌倒摔傷，我和丁熒在急診室外面。」我一怔，還沒反應過來湯湯說的話。

「妳快回來！」湯湯這四個字敲醒了還在發呆的我。我應了聲好，拿出我的背包，把所有東西都掃進包裡，接著衝出民宿，在路上攔了輛計程車，要司機送我到高鐵站，才發現我的手在抖。

上次我媽生病，是在我十四歲的時候，她在路邊賣年貨，被酒駕的人撞上。那時候醫生說她會死，但我媽沒死，她說她還有三個女兒，她不能死，於是硬是從鬼門關撿回一條命來。半個月後，不顧醫生告誡要休養，還是照樣出去擺攤做生意。我看著她的鼻血滴在春聯上，我告訴我自己，以後我賺的所有錢，都是媽媽的，她最有資格花我的錢。

國中時差點失去我媽的恐怖記憶，再次從心裡竄了出來。我感到很不舒服，快速買好高鐵票，順利的坐上了車，我打給湯湯，想問清楚目前的情況。這才知道原來是我們之前團購的餅乾到貨，湯湯幫我拿過去家裡時，按門鈴一直沒人來開門，卻聽到屋裡傳來敲打聲。湯湯打了家裡電話沒有人接，但敲打聲沒停，她感覺不太對勁，便找警衛來幫忙開門。警衛和湯湯也很熟，二話不說幫忙，才知道我媽滑倒在浴室整整三個小時，她痛到爬不起來，完全沒辦法求救，是湯湯按了門鈴，我媽知道有人，拿著掉在一旁的漱口杯敲牆壁，才讓湯湯發現。

「現在呢？」我擔心的問。

「阿姨後腦有傷口，流了滿多血，現在還在包紮，但意識很清楚，妳先不要太擔心。」湯湯安慰著我，我聽見意識清楚，心裡放下一點，告訴湯湯我大約再一個半小時就能到醫院後掛掉電話，接著我撥了通電話，打給我三個月才聯絡一次的妹妹，杜玫瑰。

我打了一通沒有人接，兩通、三通，都沒有回應。我越打，心裡的火氣就越大，拚了命的撥，就是要玫瑰接電話。重撥到不知道第幾通時，她少奶奶總算接了。

「有什麼事急成這樣，讓妳要打二十幾通。」她煩躁的聲音傳來。

我聽了刺耳，「妳媽在浴室滑倒。」我說。

但玫瑰不慌不忙，語調跟剛剛一樣，「喔，有怎樣嗎？」

我壓抑怒氣緩緩說著，「意識清楚，但還在急診室裡。我在回台北的路上，妳先去看媽。」

電話那頭頓了一下，「我很忙。」

我再也忍耐不住，「她是妳媽，再忙不都應該回去看她嗎？」我真的不想每次打給玫瑰就和她吵架。大姊離家這麼多年，媽身旁就只有我跟她，我很想好好和她相處，一起孝順媽。但她嫁給有錢人後，就很少回家，打電話給她也愛理不理，每次叫她回來看媽，就找一堆藉口推託，嫁出去的女兒就不是女兒了嗎？

「她不會怎樣，真要怎麼了，給錢就好了。」玫瑰嫁進了豪門後，開口閉口就離不開錢。

「我沒錢嗎？我是要妳用女兒的身分回來看媽，妳好意思讓湯湯和丁熒幫忙顧媽，結果她身旁沒有半個女兒在嗎？」

玫瑰還是一句，「我真的沒空。」

不想再多聽半句廢話，我直接掛了電話，倔強的轉過頭對著窗外，然後看著玻璃窗上的自己，努力忍住淚水。我氣到好想哭，想為我媽掉淚。

我不時看著手機上的時間，不時打去問湯湯和丁熒現在的狀況。當我到台北車站時，我媽也從急診室轉到普通病房。

「後腦杓有撕裂傷縫了幾針，身上有不少瘀青，左腳踝的扭傷比較嚴重，不過主還要是怕腦震盪，醫生說需要觀察幾天。」我邊閃過人潮，邊聽丁熒說著情況。

「我馬上到。」我掛了電話，坐上計程車，在全台北最塞車的時段，哽咽著要司機幫我開快一點。

司機見我要去醫院，又是紅著眼眶，義無反顧的穿梭在車陣裡，於是我很快就到了醫院。走進病房，看到我媽躺在病床上睡著，左臉從眼睛到嘴角撞得青了一片，我一整個心疼。

丁熒和湯湯走到我身旁，一人一邊摟著我的肩。「沒事了！別擔心！」丁熒說著。我不確定的看著她，她對我笑了笑，「真的啦！醫生說的。」

湯湯輕拍著我的背，「看起來好像很嚴重，但真的還好，沒有傷到脊椎就好。摔傷多少會瘀青，本來就很正常，別嚇到了。」

我點點頭，走到病床旁坐下。我媽突然醒來，看到是我有點驚訝，說話有點困難的開口問我，「妳怎麼回來了？」

我苦笑，「妳都摔成這樣了，我哪還有心情玩。」

我媽見我苦瓜臉反而安慰我，「沒事啦！妳們都回去，我睡一下就好……」

「我怎麼可能回去，妳到底怎麼摔的啦！」我又氣又急的問著我媽，但沒有得到答案，我媽又昏睡著了。我嘆了口氣，覺得無力，多希望自己可以替我媽擋這一摔，她已經六十幾了，這年紀怎麼禁得起摔。醫生說的沒事，只是單純的，喔，她沒摔死。

但摔傷的後遺症真的很多。

「讓阿姨好好睡一下，堅持了三個小時都沒有昏過去，一定很累。」湯湯握著我的手，想讓我安心一點。

我明白她的貼心，對她點了點頭，「我知道，真的很謝謝妳們，幸好有妳們發現。」不然我可能還在台南，傻傻的跟枯樹鬥嘴，還要請他吃大餐……想到這裡我才驚覺，我全心想著媽媽受傷的狀況，完全忘了和枯樹的約定。

我急忙拿出手機，眼見上面螢幕顯示時間為晚上九點四十五分，枯樹應該不會還在等吧？這實在很難講，畢竟他就是個怪人，人家不按牌理出牌，他是根本沒有半副牌要出，還讓妳以為他超多牌。

見我表情慌張，丁熒和湯湯也跟著緊張起來，「妳怎麼了？發生什麼事了？」

我沒時間回答她們，我想著要怎麼聯絡上枯樹，這才發現，我根本沒有他的手機號碼。但幸好，我們睡過同一間房間。我趕緊打去飯店，請他們幫我轉一四〇三號房。櫃檯人員卻親切有禮的對我說：「房客已經在半小時前退房囉！」

「你說李昊天退房了？」怎麼手腳這麼快，難道是生我的氣就走人了嗎？應該不會吧！他不像是這種小鼻子小眼睛的人，那怎麼會突然退房？

「是的，還有什麼我能為您服務的嗎？」櫃檯人員重複一次，好像怕我再繼續問。

我只好掛掉電話，一種打從心裡悶上來的感覺，讓我胃覺得不舒服。畢竟除了這個方法，我再也沒有任何能找得到他的線索。過去三天，好像一場夢，此時此刻，我回到了現實，和枯樹相處的點滴，慢慢的跑過我的腦海。

這感覺就像小時候去參加夏令營，認識營隊的朋友，大家玩得正開心時，結果被媽媽提早帶回家一樣。還來不及跟那些曾經吃在一起、玩在一起、睡在一起的朋友說聲再見，就已經再見。

很嘔，我覺得。

他可能更嘔，我像是把他丟在深山的壞隊友，我現在唯一希望的，就是他並沒有在台南大飯店等太久，不然我欠他的這一頓，可能要下輩子才有辦法還了。

我陷在自我的懊悔中，被丁熒和湯湯的八卦挖了出來。

「李昊天哪位？」丁熒率先開口問。

我回神，看著她八卦的表情，想著該不該介紹枯樹出場，畢竟我們從現在起，可能不會再有任何關係，他下次會去哪我也不知道。畢竟我們每一次的碰撞，都在建立在吵架上，哪來的時間關心他要去哪裡流浪。

「而且，妳穿這誰的衣服？」湯湯指著我時尚的打扮問。

我才剛打算把和枯樹的相遇留在我心裡，偶爾寂寞時想到，會記起曾有這麼一個人和我走過台南的大街小巷。我到現在還是不知道台南有什麼好玩，但總共七次的出走，只有這次讓我想一輩子記在腦子裡，它無法成為祕密，因為我身上有了證據。

一個妳說不了謊的證據。

我看著丁熒和湯湯一臉想知道事實的表情乾笑。

這個世界上，有三個人我騙不過去，我媽、丁熒和湯湯。我嘆了口氣，發現和枯樹的一切，不知道該從哪裡說起。

人生的每一次錯過，就是錯過。

第四章／回頭

我真的很怕我媽跟我會被醫院趕出去，從此被列入這家醫院拒絕治療的名單中。怎麼會有病患家屬在晚上十一點買了鹽酥雞、滷味、麻辣鴨血在病房裡面吃？

我看著眼前滿桌的食物，忍不住瞪著始作俑者丁熒，「是多希望我媽轉院？」丁熒拿了筷子給我，「婉嬋姊幹嘛轉院？」她故意聽不出我的意思，她是我們三個人裡頭最聰明的人，最好是聽不出來。

「妳買這麼多東西，味道還這麼重，還是在門禁時間外，就算我媽是單人房也不能這麼囂張吧！」我氣得打開房門，對丁熒說：「妳看看外面這麼多辛苦的護理人員，妳好意思讓她們只能聞，然後吃不到嗎？」

丁熒抬了抬下巴，示意我往門外看，我沒好氣的轉頭，就見湯湯在護理站前，幫忙發著簡單的食物。現在是什麼狀況？

「身為公司的業務總監，妳覺得我做事會考慮不周嗎？我當然是會先經過護理長的同意啊！我說妳可能經歷了很多不堪的事，再加上婉嬋姊受傷，需要陪伴和安慰。而且妳一整天沒有吃東西，我們可能會帶點食物進來，大家都說沒關係啊！」

「那是一點嗎？」我指著桌上那堆，「那是一堆吧！」

丁熒又一臉冠冕堂皇的說：「一點食物的時間，哪夠妳說完全部！別吵了，快點來坐好吃東西，妳別把婉嬋姊吵醒了。」我望了一眼還在昏睡的媽媽，馬上閉嘴。

湯湯發好食物走了進來，把我拉到沙發上坐好。

「妳今天怎麼那麼敏感啊！」湯湯拿了杯果汁放到我的手上。

我嘆了口氣喝下一口，「有嗎？」

她們倆同時點了點頭，「妳本來是一座死火山，現在突然活過來了，不知道什麼時候要火山爆發就是了。」丁熒吃著鴨血，說著她貼切的觀察。雖然不想承認，但我實在是沒臉否認。

「台南好玩嗎？」湯湯看著我問，其實她是要問：妳這兩天在台南到底都幹了什麼好事。

面對她們殷切的眼神，我想著要說得多完整。「妳給我說全部，不要想要隱瞞什麼。」結果丁熒馬上拆穿我的打算。

我乾笑兩聲回應，「我只是覺得有些事根本沒什麼好說的。」

湯湯卻說：「可是有些妳覺得沒什麼好說的事，往往都是最重要的細節啊！」好了，公司的設計總監，最在乎的就是細節，我知道我得全盤托出。雖然我很不想說出有了一夜情，卻什麼事也沒有發生的那一段。

我覺得很丟臉。

我和丁熒、湯湯合開了內衣品牌 we up，公司的宗旨，是讓女人穿上內衣後，除了感覺舒適、符合功能性的需求外，便是讓女人更有女人味和自信。我那天還是穿了公司號稱最讓男人想解開的女王系列，結果還是沒有用。

我真是公司最差的代言人，我應該要穿對手品牌的內衣，這樣還能有藉口，推託沒有女人味、沒有吸引力都是別人的錯，不是我的問題。但一切都來不及了，我杜茉莉就是異性絕緣體，才會活到這把年紀，仍然只能單戀一個男人。

她們聽完我說出台南的一切後，都沉默了。丁熒面無表情的繼續吃著鹽酥雞，湯湯則是一臉她找不到設計靈感時的悲壯神情。我知道她們為什麼會這樣，因為她們也和我有相同心情。

丁熒突然丟下竹籤，「把衣服脫了，我看妳是不是胸部變小了，還是腰變粗了？明明上次去泡溫泉妳還是前凸後翹的，怎麼可能什麼都沒發生？」

我沒好氣的瞪著她，「神經。」

丁熒不放棄，試探著我，「要不要找別人來試試看？」

我狠狠瞪了她一下。丁熒乾笑了兩聲，此時湯湯卻像是一臉仔細推敲過後，緩緩說出正確答案，「最大的可能就是，他不愛女生。」

丁熒拍手叫好，「對，一定是這樣，這樣才合理啊！」

湯湯一臉得意，我只能苦笑。好朋友是什麼？就是所有的問題，都是別人有問題，妳才沒問題。

瞧瞧她們對我多好，有多愛我，我該怎麼打醒她們，不是全世界不愛我、對我沒有興趣的男人都是 gay 啊！雖然我希望是這樣，畢竟這樣比較不傷心，比較不會厭世。

但別人有什麼錯。

「好了，妳們聽完就算了，反正都過去了。我現在比較在乎的，就是不小心放了他鴿子。」想到他一棵枯樹孤單的站在台南大飯店門口，甚至不會有人回頭看他一眼，我就滿懷歉疚。

丁熒又突然問起，「妳說他叫什麼天？」

「李昊天。」我回。

「我找徵信社調查看看。」丁熒一說，我和湯湯都嚇了一跳。

「不用吧！需要把事情搞得這麼大嗎？」

丁熒很用力的點頭，「我覺得有，難得妳和除了阿泰以外的男人有這麼多接觸，光是這點就足以讓我好好請他吃大餐了。」

我無言，為我這乾涸的感情世界無言，不能怪丁熒的大驚小怪，是我真的戀愛太無能了。

湯湯也跟著附和，「我也覺得幸好有他，不然妳這次出走也太多災多難了吧！妳的手沒事吧？」她拉著我的手，擔心的問。

「沒事，好很多了。」我和湯湯微笑對看，一切盡在不言中。想起過去比我還會鬧彆扭的她，已經可以學著關心別人，學著傾訴，現在更學會了傾聽。幾年來的合夥，那些共同經歷的種種，讓我們都不一樣了。

丁熒和湯湯越來越好，我卻一點也沒有進步，一樣的不成熟、一樣的遇到事就先發脾氣、一樣的覺得沒自信而不想抬頭、一樣的厭倦人生。半夜醒來，害怕自己到了六十六歲還是這副德性。

想想都覺得好慘。

更慘的是，已經晚上十二點半了，阿泰學長又來了電話。他總是這樣，想打給我的時候就打，無論我那時候正在幹嘛。我看著手機，今天已經夠折騰，我沒有力氣再去應付我的單戀，我直接按掉來電，丁熒和湯湯一臉不可思議的看著我。

「妳現在是掛阿泰的電話嗎？」丁熒被我嚇得有點結巴。

我苦笑點了點頭，「累了，接了只是讓大家都不開心而已。」想到在台南時那些莫名來電，還有阿泰學長的語氣跟怪異，不接電話還是最好的決定。

「怎麼了？跟阿泰吵架了嗎？」湯湯在我臉上看到不一樣的表情。只要是阿泰，無論再累再辛苦，我都還是會打起精神微笑面對，因為對我來說，這是愛，是我對阿泰學長的愛。但此時此刻，我累到笑不出來。

「沒事，只是覺得他這兩天很奇怪，一直打給我，語氣又不是很好，他平常根本不會這樣。」我越想越覺得莫名其妙，「而且還一直問我是不是自己去玩。莫名其妙，不然還有誰會跟我去？」

丁熒又忽然大笑，「該不會是那天我拿手套去還的時候，故意跟他說，妳和男性朋友出遊，他慌張了吧？」

我嚇了一跳，湯湯也是，忍不住斥責丁熒，「妳幹嘛這樣跟阿泰說？等等他誤會了茉莉怎麼辦？」

「誤會就誤會啊！我就是看到他新女友坐在那裡像個老闆娘覺得不爽啦！拜託，茉莉去店裡不是洗碗就是在廚房幫忙，連廁所都跑去洗。結果她一個新女友坐在位置上，工讀生都快忙死了，還硬要他們幫她倒酒點餐。要不是茉莉，她今天有機會坐在那裡享受嗎？」丁熒為我打抱不平，但我越聽越覺得自己丟臉，難怪枯樹覺得我可憐，我都想為自己掉淚了。

「那也不能這樣啊！這麼多年來，茉莉就一直只喜歡阿泰一個人，如果阿泰誤以為她有別的男人，搞不好就真的沒有機會了。」湯湯的顧慮是多餘的，因為丁熒接下來就狠狠的道出事實。

「都那麼多年了，阿泰會愛茉莉早就愛了，不管茉莉有沒有別的男人。阿泰女朋友一個交過一個，她早就沒有機會了。我當然要塑造出，你有女友，但我們茉莉也不是省油的燈，也過得很快樂的假象啊！懂嗎？」丁熒問著湯湯，湯湯這時很不爭氣的認同點頭。

我需要捏造這種假象好讓自己不那麼可憐嗎？好慘。

有這麼誠實直接的朋友，我感動得欲哭無淚。幾年來，丁熒的打擊練就了我在愛情裡的麻痺，她說的都沒有錯，但我還是一意孤行。從大學開始的暗戀，到了出社會工作，一直陪在阿泰學長身邊，看他創業，見他賠錢，望著他走進人生低潮，我再也受不了，向阿泰學長告白，說我願意陪他吃苦走過。那天學長沒有回應我，過了幾天才告訴我，他也很喜歡我，像妹妹一樣的喜歡，溫柔又殘忍的拒絕了我。

然而，我並沒有就此放棄，甚至在心裡下了一個決定：我要當一個阿泰學長身旁無人能取代的女人，我要讓他需要我。所以我用盡力氣記住他的一切，他的身分證字號我倒背如流，他媽媽和妹妹的喜好我也瞭若指掌，我要比他的任何一個女朋友更了解他。

後來才發現，我的確成了阿泰學長身旁沒有人可以取代的女人，只是這個女人，是個工具人罷了。然後我仍然堅持這麼做下去，因為除了這樣，我沒有別的方法讓阿泰學長愛上我了，我除了用力付出，就什麼也不會了。

我嘆了口氣，「妳們該回去了吧！都一點了，明天還要進公司呢。」

「妳這幾天就別來了，先好好照顧婉嬋姊再說，也順便休息一下，反正最近公司也沒有什麼事。」丁熒說。

我點了點頭，畢竟我媽現在也真的只有我這個女兒，除了我以外，還有誰要來扶她上廁所、陪她看醫生？此時，我突然想起了離家出走的大姊。

我陪她們走出病房，忍不住開口問著丁熒，「妳真的有認識的徵信社嗎？」她剛還說要找枯樹，一臉對這領域很熟的樣子。

結果丁熒卻回答我，「當然沒有啊！谷歌大神認識很多，妳幹嘛？真的要找李昊天？」

我笑了笑，「當然不是，我想找我大姊。」

湯湯一愣，「妳是說離家出走的那個大姊？」

我點了點頭，「我不敢再奢望我妹能多像個女兒了，我打電話叫她回來看我媽，她竟然說很遠。」

丁熒倒抽一口冷氣，「這種話也說得出口？你們家玫瑰看起來不像是這麼不懂事的小孩啊！」

我無奈嘆氣，「說真的，我一點也不了解她，我也懶得再說她什麼。我媽明明就有三個女兒，卻只有我一個人在身邊，我覺得我媽很可憐，不管大姊之前到底因為什麼事離家，都過了這麼久，我想問她難道真的連媽都不要了嗎？」

湯湯拍了拍我的背，安撫我越來越激動的心情。丁熒拍著胸脯對我打包票，「我來找間好的，妳別擔心，我問到了再跟妳說。」我感激的對丁熒點頭，沒有真的姊妹，幸好還有真的像姊妹的姊妹，我還有好運，但我媽沒有。

「我幫妳們叫車。」我說。

丁熒和湯湯急忙制止我，「不用，阿澤在樓下。」「雷愷也是。」

她們的另一半都在樓下等著她們。我點了點頭，「那妳們小心點，謝謝妳們，真的，還好有妳們在。」

她們一臉我客氣得很三八的表情，一個捏了我的臉，一個敲了我的額頭，叮嚀我好好休息，有事一定要跟她們聯絡，再三再四再五的交代了好多，才真的甘願離開。

電梯門關上，回到單人病房裡，只有我和我媽，想到別人都有人陪，我頓時又掉進了孤單漩渦。在被寂寞淹死之前，我躺到了一旁的小床上，趕緊閉上眼，逼自己入睡。

幸好，在台南過得夠瘋、夠筋疲力盡，生理再次打贏了心理，我很快就睡著了。

我再醒來，是因為聽見媽媽跌下床的聲音。

我睜開眼睛，看著我媽坐在地上，表情很痛苦，我嚇得按了緊急鈴，然後試著扶起我媽，卻又不敢亂動，深怕我一個用力，我媽就會碎了一樣。幸好護理人員很快就進來了，專業又熟練的扶起媽媽，溫柔的交代著，「不可以自己亂下床喔！」

我媽原本撞瘀青的臉，今天一看又更腫了。她口齒更加的不清，「我只是想上廁所。」

我又氣又急，「妳為什麼不叫醒我？我可以扶妳去啊！」

我媽卻不覺得怎樣，「妳在睡覺，我不想吵妳嘛！」

這更讓我生氣，「妳不叫我，摔得更嚴重怎麼辦？」

我媽一副無所謂的樣子，「又沒有摔到。」

我很少對我媽大聲，因為我知道她有多辛苦拉拔我們長大。但今天我真的控制不了，「那是妳運氣好，如果真的摔到了呢？妳現在只有我一個女兒可以照顧妳，妳還要這麼任性嗎？」

我媽大概也被我的反應過度嚇到，急忙向我道歉，「好好好，是媽的錯，以後我不會逞強了，妳別這麼緊張好嗎？」我這才覺得自己有點 over，昨天才被丁熒說我很敏感而已，今天又這樣了。

護理人員出聲緩頰，「沒事就好，下次要記得叫杜小姐幫妳，如果她不在，可以按緊急鈴，我們會趕快過來，不然真的發生危險就來不及了。」我媽像個好孩子一樣點頭，護理人員微笑離開。

我看著媽媽，心裡一陣抱歉。我不是那種死不認錯的人，於是坐到我媽的床邊，為自己的失控誠心誠意道歉，「媽，對不起，我剛太激動了。」

我媽不在意的搖了搖頭，「沒關係，妳緊張我嘛，我懂的。」

「對，只有我緊張妳，所以妳還是乖一點。」我想到玫瑰，又忍不住生氣。

我媽倒是很明白的笑了笑，「又和玫瑰吵架了？」

我翻了個白眼，「我才懶得跟她吵。」

但媽媽就是媽媽，隨便猜都猜得到，「是不是妳要玫瑰來看我，她沒有來，妳又跟她生氣了？」

我一怔，口是心非的說：「我才懶得跟她生氣。」

「茉莉啊！玫瑰嫁出去了，本來就有她自己的家庭生活，不是能夠想怎樣就怎樣的。妳別老是打給她，也別要她幹嘛，媽不需要的。」我媽倒是很看得開。

「媽，沒有那種女兒嫁出去就可以不管娘家父母這種事。」

我媽笑了笑，「妳怎麼知道沒有，妳有本事也去嫁了看看，搞不好妳也會有妳的為難處。」

我無奈嘆氣，「妳又不是不知道我嫁不出去。」

我媽拍著我的手，「別嫁好，單身比較自由，想做什麼就做什麼。」

我點了點頭，其實很想告訴我媽，我不想單身啊！但我不想再多說，因為這實在丟人，我撫著我媽臉上的那塊青問著，「痛嗎？」

我媽皺眉後搖了搖頭，「還好，不是太痛。」

我看我媽又在逞強，無奈嘆氣的問著，「媽，妳會想大姊嗎？」

我媽頓時一怔，過了好幾秒才回應我，「沒什麼好想的，媽有妳就夠了。」

但我還是好奇，「大姊到底為什麼離家出走？」這問題，無論我問了再多次，媽媽始終沒有給過我答案，但我還是想問。

我媽笑了笑，「提這做什麼，她想離開就讓她離開，我又綁不住她。」又是這種模擬兩可的答案。我知道一向如此，然後再問，還是那個樣子。

所以我沒有追問，扶著我媽去了洗手間，才看到鏡子裡的自己有多狼狽。身上仍穿著枯樹的衣服，我該回去整理換洗，但能把媽自己一個人丟在這裡嗎？我還在思考著行不行的時候，一打開廁所門，丁熒和雷愷就站在外頭，我嚇了一跳，「妳怎麼又來了？」

丁熒沒有理我，熱情向我媽打招呼，「婉嬋姊，妳好多了嗎？」

我媽最愛丁熒，因為她嘴最甜。我媽開心的點了點頭，「沒事沒事，還讓妳和海若這麼奔波。」

丁熒頂開了我，接手扶著我媽，「哪有奔波，妳沒事最重要，快把我跟湯湯嚇死了。」

「伯母，我認識不錯的復建科醫師，出院了再和丁熒陪妳去看看，不能看起來好像沒有怎樣就算了，老人家禁不起摔，得要處理好。」雷愷有禮的說著。多虧他了，身兼丁熒男友和我們公司購物網站設計師的身分，所有和丁熒有關的人事物，都成了和他有關的人事物，丁熒愛護我，他也跟著愛護我。

我媽又開始了老人沒事病，「哪來這麼嚴重，你們就別忙了。」

在我又要爆發之前，丁熒見狀先開口，「我就是想忙嘛，想為妳忙可以不可以？

妳拒絕我，我會難過的，妳希望我難過嗎？婉嬋姊！」

我媽臣服在丁熒的攻勢下，「好好好，妳們說看什麼就看什麼。」丁熒回頭給了我勝利的微笑，我只能再給她一個白眼。

丁熒和雷愷帶了午餐過來，但沒有我的。我正想要唸她心裡只有我媽的同時，她先開口對我說：「妳現在馬上回家給我好好洗個澡，休息一下再過來。」

原來這才是丁熒好意的打算，可是哪有把媽丟下的道理，「不用了啦！我隨便在裡頭洗一下就好。」

「妳不洗沒關係，但不用準備婉嬋姊的住院用品嗎？」丁熒的話狠狠提醒了我，我還有很多雜事得要處理。

「對啦！妳回家整理一下，怎麼穿成這樣。」我媽一臉嫌棄，然後接著說：「順便幫我把 iPad 和手機拿來。」

我只好點點頭，轉身背起我的大背包，向丁熒和雷愷道謝，「那就麻煩你們了，感謝！」當然又被丁熒瞪了一眼。我正要離開，卻看她拿起一旁咖啡喝了一口，我想起了枯樹，還有他窮追不捨的問題。

我忍不住開口問：「妳上次放在我家那杯咖啡，是在哪買的？」

丁熒沒好氣的說：「這麼有什麼好問的，自從培秀姊在一樓開了咖啡店，我有喝過別間嗎？現在公司先搬到別的地方，我要喝杯咖啡多不容易。」

「有這麼好喝嗎？」面對酒精和咖啡狂熱份子丁熒，我好奇的問。

「廢話。」丁熒看著我，然後換她好奇，「妳突然問這個幹嘛？」

我被這尖銳的問題嚇到，說得更心虛，「隨便問問。」我昨天可沒說到枯樹不停追問我這件事，也不需要再多說，丁熒已經知道太多了。

我轉身離開，帶著枯樹一直想要問到的答案，卻沒有機會告訴他了。我忍不住搖頭，覺得好笑，對於枯樹時不時出現在我腦海裡，感覺困惑又有點困擾。不想再多想，正要走出醫院門口，抬頭卻見阿泰帶著小宣走來，我們四目……不！六目相接。

幾天沒見到阿泰學長，他依然高大帥氣，眼神溫柔，身上卻仍散發著不羈的氣質。我總是好奇，為什麼能有人能同時擁有兩種氣質，放在阿泰學長身上，一點也不突兀，他總是能駕馭的很好，所以，從不欠缺女人主動追求。他也來者不拒，除了我以外。

阿泰學長走向我，上下打量了一番，他還沒開口，倒是小宣先開口了，「嗨，茉莉姊，聽說妳媽媽住院了，我真的好擔心，所以跟著泰哥來探病。」

我先是黑人問號，更是傻眼貓咪。我不想隨便懷疑別人的真心，但這比萬里長城還要長的關係，一個只見過一次面的男友的朋友的媽媽，竟讓她如此在意，她要不是太善良，就是我太不懂人際關係了。

我看著阿泰學長，想知道他從哪來的消息，這麼靈通？過去十幾年來累積起來的默契，他看著我疑惑的眼神解釋，「我想問妳店裡儲藏室的備份鑰匙在哪裡，我那支不見了，但妳一直沒有接，所以我早上打去公司問妳回來了沒，海若才跟我說妳在醫院。」原來如此。

「在收銀台零錢櫃倒數第二層……」

我說到一半，阿泰學長像是根本不在乎鑰匙在那裡似的，開口問我，「妳怎麼穿成這樣？」

我看著阿泰學長、看著他新女友緊緊勾著他的手，想起丁熒說要製造出我過得很好的假象，我的叛逆期突然來了。我故意說：「朋友的。」

阿泰學長像是我說了外星話一樣，「朋友的……為什麼穿在妳身上？」

我沒有回答他，只是淡淡的說著，「你應該知道我媽的病房吧！我先回家拿點東西，你們自己過去吧！謝謝你們來看我媽。」

我給了他們一個微笑後，轉身走人，下一秒卻被阿泰學長拉住。我回頭看著他一愣，小宣也看著自己男友一愣，阿泰學長自己更是一愣，隨即放開我的手說：「我送妳。」

我嚇死了，幸好沒老到膀胱會失禁的年紀，不然我肯定會在此刻閃尿，這是阿泰學長嗎？

小宣抓住了阿泰拉住我的手說：「泰哥，我們不是還要再去看茉莉姊的媽媽嗎？」阿泰學長這才反應過來自己剛剛說的話有多奇怪。

我掙開了阿泰學長的手回應，「不用了，我可以自己坐計程車。」阿泰學長多看了我三秒，才往旁邊一站，讓開了路。

我快速走過，希望剛剛阿泰學長那伸手一拉，害我心跳漏了一拍的樣子沒有被發現。這是第一次，我的手和阿泰學長的手這麼接近。接著，我聽到小宣在後頭喊，「茉莉姊，回家小心，找時間一起吃飯。」

我沒有回頭，但點了點頭，坐上計程車，看著窗外景緻依舊，卻發現我有些改變了。以前希望自己開心像是無病呻吟，但如今想要自己快樂，成了我財務報表要達到的最準確目標，我真心想要自己能夠多笑一點。

手肘無預警的刺痛了一下，大概是剛剛阿泰學長沒有看到我手上的繃帶，還緊抓著不放的後遺症吧！枯樹的聲音突然跑出來，「是妳對自己的身體太無所謂了！」他的聲音又像打了我一巴掌，我摸著自己的手腕，下定了決心，我想讓自己再有所謂一點。

無論是自己的身體，還是自己的心情，這是我能改變的第一步。

回到家，看到浴室裡我媽跌倒過的痕跡，地上乾掉的血漬，使我想到我媽有可能死在這裡，我頓時呼吸困難，拿起一旁的刷子便刷了起來，很用力、很用力的刷著，然後眼淚掉了出來。從接到湯湯打來的電話開始，我便壓抑著，把恐懼和害怕收起來，因為我媽只有我，我得比平常更冷靜處理。

可是天知道，我根本就是個膽小鬼，我還無法對意外勇敢。

還在對不熟悉的困境感到慌張，這樣處理是對的嗎？這樣決定是好的嗎？就算我已經三十三歲了，在別人眼中是個大人，我仍對人生裡的所有問題感到陌生和著急。看著別人對自己的生活駕輕就熟，對難關冷靜以對，我努力像他們一樣，像丁熒一樣天不怕地不怕，像湯湯一樣關關難過關關過。但後來發現，有些事努力是沒有用的，那是天分，我可以看起來像他們一樣，可是我比誰都清楚，我永遠無法跟他們一樣，我只是杜茉莉。

阿泰學長常說：「妳為什麼對自己這麼沒有自信？」我只能苦笑，那些天生擁有自信的人，隨時隨地可以做自己的人，怎麼能夠明白，我這種努力想要自信的苦衷和無力？

對自己來說，毫不費吹灰之力就擁有的東西，對別人來說，可能是一輩子都實現不了的夢現，自信也有貧富差距。

紅褐色的水被我沖進了排水孔，直到水變清、變透明，我氣喘吁吁的坐在馬桶上，坐了很久，才有力氣脫去身上的衣服，洗去自己的一身狼狽。好好的洗了個澡，再把枯樹的衣服也洗乾淨晾好，或許沒有機會還給他，但該做的還是要做，這是做為人的基本禮儀。

我回到房間整理著要帶去醫院的東西，卻看到被丟在地上的那個大背包，那個陪我經歷過七次失戀的包包。我瞪著它發呆，不知道過了多久，不知道心裡從哪冒出來的念頭和力量，把東西全倒出來後，我把包包丟進了陽台裡的回收桶，我不想讓自己再用到這個包包了。

下定決心如果是第一步，那麼丟掉沉重的心情和行囊就是第二步。

一一確認我媽要我帶的東西後，打掃了一下客廳，順便整理垃圾，卻發現那天我出發去台南，她提著要去送人的紅色禮盒被丟在客廳沙發後，裡頭的餅乾全碎了，連盒子也變摔得變形。我覺得疑惑，它怎麼會在這裡？但我沒有時間疑惑太久，丁熒還在醫院陪著我媽呢。

整理完家事，我便趕到醫院去。打開病房門，湯湯和阿澤也來了，他們在病房裡聊得很開心。湯湯一見我便馬上說：「剛醫生來巡房，說阿姨的狀況良好，如果這兩天也沒有嘔吐或頭暈的現象，後天就可以辦出院了。」我狠狠的鬆了一口氣。

「就說沒事了，還勞師動眾。」我媽笑著說：「連阿泰都來看我了，真是有心。」

我不知道要說什麼，丁熒幫我說了，「婉嬋姊，妳不能再說自己沒事了，妳都跌成這樣了，醫生交代妳出院後，走路也都要先用拐杖，可是不能再跌第二次了。」

「知道，我會的，不能讓我們家茉莉再擔心我了。」我媽很識相的說，但我可是一點也不相信她。那只是為了讓我安心才說的好聽話，千萬不要小看長輩的我行我素，他們是全世界耳朵最硬的生物。

「好啦！你們都回去忙吧，占用大家太多時間了。」我趕他們回去。當自己花了很多時間在別人身上，就會知道如果有人願意花時間在自己身上，那是愛的對待。我也愛他們，希望他們別為我受太多苦。

湯湯點頭後說：「那我們晚上再過來。」

「不用了，我自己可以照顧我媽，我最近不能進公司，妳們就好好忙公司的事就好。」我說，很堅持的說。

丁熒和湯湯聽懂我的堅持，再麻煩大家下去，我會愧疚而死的堅持，丁熒只好妥協，「知道了啦！那後天出院，我們再過來。妳需要什麼，走不開的話，隨時打給我們，OK？」

我點頭，但我明白生活裡的所有難題，最後都只有自己才能解決，可是我還是非常感謝對我伸出手的每一個人。

送走了他們，病房裡瞬間安靜下來。我整理著帶來的東西，我媽看著我，緩緩的說著，「阿泰帶女朋友來了。」

我把 iPad 遞給我媽，「我知道，我回去的時候有碰到他。」

「妳難過嗎？」媽突然這麼問我。

我被問倒，「不知道，可能習慣了他換女朋友的速度，已經不怎麼難過了。」

我媽看著我，語重心長的問著，「妳會想再跟他告白一次嗎？」

上次告白被拒的事，我媽可是安慰了我好幾天，我苦笑搖頭，「有需要嗎？我為他做的每一件事都是告白。」

「妳會想要換個對象試試嗎？」我媽突然試探著我，可能想了解我的想法吧。

我笑著搖頭，「媽，我愛一個人愛了十幾年，有去無回，證明了我就是個不會戀愛的人。我想無論角色換成是誰，我還是個戀愛白痴，我該休息了。」

我媽一愣，「妳這是要放棄阿泰了嗎？」

愛了十幾年，不是那麼容易說結束就結束，有太多開心的過去、幸福的瞬間和美好的想像，更不想承認自己這幾年來白費力氣，甚至半途而廢。曾經大聲說沒關係，我就是有時間跟他耗，結果卻輸給了年紀越來越大的恐慌。自己的愛什麼時候隨著時間變得膚淺？還是愛本身就是膚淺的？

「可能該放棄了吧！」不想承認自己的愛膚淺，所以我把錯怪到了愛本身的膚淺。都是愛的錯，它就是毒品，讓人有了幸福的幻覺，讓所有嚐過的人再也戒不掉，拚命追逐。我負氣、我小心眼，我不想再當個隨波逐流的人。

我媽沒有說什麼，只是點了點頭，「不容易啊！」

我也點了點頭，不想再繼續討論這個話題，我拿起水壺，「我去裝個水。」然後離開了病房。很多事多說無益，做了才會有結果。我會努力，而我也該努力，好好過著我接下來的日子。

結果，一走出病房，就看到阿泰學長站在外面。我嚇了一跳，認識這麼久，他和我媽當然熟，但有熟到一天要來探病兩次嗎？這就我不知道了。「你不用開店？都快五點了。」阿泰學長的小酒館，是五點半營業到凌晨兩點。

他沒有回答我這個問題，眼睛瞄到了我手上的繃帶，「妳手怎麼了？」

我深呼吸了口氣回應，「就扭到了。我媽在裡面，我先去裝水。」我抬起腳步要往前走，阿泰學長卻擋在我面前。

「跟我談談。」他這麼說。

我不知道他要談什麼，還得要把我拉到外頭去才能談。我就這樣拿著水壺站在醫院門口，看著阿泰學長欲言又止。我覺得莫名其妙，水壺拿到我手痠了，忍不住先開口，「學長，你到底要談什麼？我媽還自己在病房裡。」

阿泰學長看著我，看了很久，我被他看得很不自在，脾氣都要上來的時候，他才緩緩的說：「丁熒說妳和男生去台南玩？」

我有點傻眼，我以為他要談的是多重大的事，比如下半年小酒館的營業額要怎麼抓？哪支酒的銷量不好，要換哪一支代替……等等的公事。

「這很重要嗎？」我不能理解，阿泰學長從來就沒有在乎過我的交友狀況。曾經我也幹過蠢事，自己送花給自己，假裝有人追，好試探阿泰學長有沒有在乎我。答案當然悲傷，他一點也不care。

為什麼今天這麼突然？

「沒有。」我老實說，那種為了要讓他吃醋的蠢事，我幹不出來，越假裝只是越丟臉而已。說謊來探試別人的心情，那是因為自己已經走到絕路了，而我希望自己還有很多路可以走。

但阿泰學長反而不相信，「真的？」

我有點不耐煩，「真的，丁熒說的那些只是開玩笑而已，你根本不用在意。」

「可是阿全看到了，看到妳和一個男生在海產店喝酒。」阿泰學長說著。我很意外，沒想到阿全學長居然也去台南了，還看到我跟枯樹在喝酒。這該死的巧合，真的讓我不知道該怎麼說清楚。

「剛好認識的朋友。」我簡單的說明。

「剛認識的朋友，妳就跟人家喝酒？」阿泰學長質疑的表情讓我很不舒服，質問的語氣更讓我感到不受尊重。這不是阿泰學長，不是我過去喜歡的溫柔的阿泰學長。

我冷冷回應，「對啊，因為開心，怎麼了嗎？」

阿泰學長火大，「所以妳才不接我電話，沒時間回我訊息？」這語氣實在太刺耳，我連一句話都不想再多說，這真是最無聊的談談。我轉身要走，阿泰學長又拉住了我受傷的那隻手，我手痛、心也痛。

「你沒有看到我的手有傷嗎？」我冷冷的對著學長說。

他一愣，趕緊放開，「對不起，我……」

他還沒有說完，我替他說：「你沒有看到，我知道。」

他又愣住，我接著繼續說：「你一向都是沒有看到，或是假裝沒有看到。我的付出和我的傷心，我已經習慣了，但是學長，從現在開始，請你一定要看到，我不會再對我受傷的地方視若無睹，我要開始在乎我自己的一切。」我轉身離開。

他繼續在我後面叫著，「等一下，茉莉，妳說這是什麼意思？」我懶得回頭解釋，聽不懂不是我的責任，我自己懂就好。但學長生氣了，對於我這麼突然的改變感到不適應，兔子成了虎姑婆，他不能接受的大喊，「茉莉！妳說清楚！杜——茉——莉！」

大庭廣眾被大喊名字，我生氣的回頭，而站在學長身後的人也剛好回頭，我先是看到了學長生氣的表情，然後眼光一放遠，我看到了枯樹的臉，他正好一臉驚訝的看著我。

這是第一次，我的眼裡沒有了學長。

偶爾回頭，會看到不一樣的風景，還有不一樣的自己。

第五章／遇見

我知道嘴巴開開真的不是很美觀，但能有什麼辦法？以為這輩子不會再看到的人，那麼突然就出現在面前，那種驚嚇程度差不多就是一部鬼片，厲陰宅、厲陰房，充滿各種厲陰。心裡覺得毛，連手臂也冒出雞皮疙瘩，從腳底涼到了頭頂，這種感覺太難言喻。

我看著他比我上次見到更憔悴的樣子，想著短短幾天，難道他跟我一樣，也遇到了麻煩的事？我就這麼陷在和枯樹的眼神重逢之中。

是阿泰學長喚回了我，他直接站到我的眼前，阻隔了我和枯樹的眼神交會，「茉莉，妳在看什麼？」他回頭看了一眼我注視的人問著，「妳認識？」

我沒有回應，急忙推開阿泰學長的阻擋，再往枯樹的方向看過去，他已經轉過身，因為一輛警車停在他的面前，他的身後出現兩個警察，一個打開了門，一個示意他上車。

我就這麼看著枯樹坐上警車。他犯了什麼罪？他不是會犯罪的那種人啊！至少在我心裡，至少他對我做的任何一件事，都是好事。眼見警車就要開走，我也下意識往前走，卻被阿泰學長抓住，我的視線才總算回到他的身上。

他看著我，一臉莫名其妙，老實說，我也覺得自己莫名其妙，因為下一秒，我已經把水壺塞到了他的手，「幫我裝點水進去給我媽，再陪她一下，我馬上回來，麻煩你了。」然後我就當著阿泰學長的面，攔了輛計程車，在他反應過來之前，我已經上車，離開了醫院。

透過車窗，我看到阿泰學長吃驚的表情，我絕對能夠明白他現在的心情，我沒空細想自己到底在幹嘛，我只知道枯樹的眼睛裡頭，有著滿滿的無奈，而我很想知道為什麼。

我對計程車司機說：「跟著前面那輛警車。」

計程車司機一愣，笑著對我說：「我開了這麼多年計程車，第一次有人叫我跟警車的啦！刺激喔，小姐！」我也覺得刺激，我居然把我媽丟在醫院，跑來追一個只認識幾天的男人。

我想我會下地獄，但我也管不了這麼多，我相信那裡會有很多人陪我。比如財團的大老闆、一些政客……

警車駛進了一間分局，計程車也在門口停了下來，在枯樹即將被帶進警局前，我已經衝向前大喊，「等一下！」

員警和枯樹同時回頭看向喘吁吁的我，員警一臉不知所以，枯樹則是十分訝異，「妳怎麼跟來了？」

我指著枯樹，生氣的對著員警們說：「他是好人，你們幹嘛抓他？」我覺得這是我打從出生以來說過最幼稚的一句話。我就這樣站在警察局門口，挑釁著公權力，換句話說，我是在找死。

員警對我翻了個白眼，非常的真性情，說了一句，「小姐，好人就不會做錯事嗎？」直接打腫我的臉。

我尷尬的笑了笑，畢竟警察大人這麼說也是沒有錯，我瞬間收起脾氣，客氣的問著，「那他做錯了什麼事？」

員警沒有回應我，直接把枯樹帶進警局，我也只好跟了進去。我不曉得我的腳為什麼在那幾秒間失去控制。

三個小時後，我和枯樹一起走出了警局，他一句話也沒有說就往前走。我急忙拉住他，他看著我，一臉「妳要幹嘛」的表情，其實我也不知道自己拉住他要幹嘛。心裡有太多的疑問，想知道他為什麼要打人？也想知道本來提告的人，為什麼又不提告了？但我沒有問，枯樹的嘴不是那麼容易鬆的，我只是覺得他現在的狀況有點可怕，像是風一吹就會攔腰折斷。

「你要去哪？」我隨口問著。

「我去哪裡，和妳有關係嗎？」他很直接的回應我，語氣不是太好。

我為了讓自己看起來很無所謂，也嘴硬的說：「沒關係就不能問了嗎？如果你是因為我上次放你鴿子生氣，我先跟你道歉，因為我媽突然……」

我的解釋只說了一半，他就開口打斷了我，「I don't care！妳走吧！」像是多跟我說一句話就會死一樣。我惱羞成怒，自以為自己有多重要，別人卻根本不在乎。

「ＯＫ。」

我轉身的瞬間，枯樹卻在我身後倒下。「砰」的一聲，我回頭，然後又失去控制的大叫，一堆警察衝了出來。

我到底什麼時候能像見過一點世面的樣子？

救護車載著我和他，到了我媽住的醫院。這是我第一次坐在救護車上，在急速行駛中，它比想像中的還要搖晃。在我要暈車的前一刻，車子停下了，我在慌亂中被帶下車，看著枯樹躺在擔架上被轉移推進急診，護理人員問我，「請問是家屬嗎？」

我居然點頭了。

我一定是嚇瘋了，後來被發現我根本不是，她們問著我枯樹的背景，可是我完全不知道可以聯絡誰。

「你們是朋友嗎？」護理人員懷疑的問著我，我點了點頭，也忍不住懷疑自己，我覺得我們應該算是吧！但他怎麼想的我就不知道了。

就在我想著該不會要簽上人生第一次的放棄急救同意書時，醫生走了出來，表情十分嚴肅的站到了我面前。我覺得很可怕，他如果跟我說他已經盡力了，我要怎麼辦？我要像電視演的那樣大喊著，「不！醫生你一定要救他，我拜託你一定要救他。」我做不到啊！

幸好醫生不是這麼說。他看著我，無言搖頭，責備著，「妳是他女朋友吧？妳不知道他肚子痛嗎？」我搖頭，我不是他女朋友，更不是他，怎麼可能會知道他肚子痛？醫生告訴我，診斷後枯樹是急性盲腸炎，應該痛了一陣子，他沒有就醫忍到現在，併發了發燒的症狀，估計是痛到撐不下去了，才會昏倒。

「我們會幫他進行手術。」醫生看著我搖頭離開，像是我有多不懂事一樣。

我真的很想平反，但又被護理人員打斷，她把枯樹換下來的衣服拿給我，告訴我枯樹剛剛醒過來自己簽了手術同意書，要我去幫他辦一些手續。我點了點頭，為他感到鼻酸，居然要自己簽手術同意書。如果有天我怎麼樣了，至少還有丁熒和湯湯會幫我簽吧！

護理人員指著辦理手續的櫃檯，要我趕快過去。我點了點頭，但走到一半才發現，我又沒有他的任何證件，要怎麼辦？於是，我只能很抱歉的翻起他的包包和衣服，總算找到了他那個破爛的錢包。拿出他的身分證和健保卡，裡頭就剩下一張金融卡，和幾個銅板。

我嘆了口氣，他根本沒有資格說我什麼，他也是一個沒有好好善待自己的人。我拿起筆，在所有的表格上抄上了他的資料，然後在緊急聯絡人上，寫上了我自己的資料，這是我的溫柔。

手術出乎意料的快，並沒有讓我等太久，枯樹很快就被推到了四人病房裡。護理人員跟我說明他現在的狀況，還有照護的注意事項。枯樹目前不能吃東西也不能喝水，如果痛也要稍微忍耐一下，因為怕會過敏，也沒有辦法打止痛針。

我點了點頭，問著護理人員，「那他什麼時候會醒？」

「等麻醉退了，應該就醒了。」

「那我可以先離開一下嗎？」我可是還有個老媽在樓上。從我消失到現在也過了六個小時，連手機都沒帶，我看病房裡應該吵翻了，丁熒應該想去報警，湯湯正攔著她，還有那個被我丟在門口的阿泰學長，我還得收拾我自己闖下的爛攤子。

護理人員一愣，點了點頭。我馬上搭著電梯回到了老媽的病房，果不其然，都被我猜得剛剛好，一開門就撞到要往外衝的丁熒。

見到是我，她馬上破口大罵，「杜茉莉，妳搞什麼鬼？連手機也不帶，沒有人知道妳去哪裡，連婉嬋姊都丟下，不知道大家會擔心嗎？」

我抬頭望著大家擔心的表情，連一向好說話的我媽也拉下了臉，更不用說坐在沙發上，眼前還放著水壺，臉臭到比我三天沒拉出來的宿便還臭的阿泰學長。

「剛好臨時想起有事要辦，就跑出去了，沒想到會這麼久，真的很抱歉。」我真心誠意的道歉，然後走到我媽旁邊，撒嬌的說：「媽，對不起啦！妳不要生氣。」

我媽抬頭看了我一眼，眼神柔和了許多，但仍有點生氣的問著，「到底有什麼重要的事，這麼突然？媽自己一個人也沒有問題，可是妳就這樣把我丟給阿泰，妳對人家好意思嗎？」

我轉頭看向阿泰學長。我們四目相接，看得出來他很火。他突然起身，丟了一句，「我先回店裡了。」然後頭也不回的離開了病房。

丁熒嘆了口氣，「真不知道妳最近是在搞什麼鬼。」

我也嘆了口氣，「哪有搞什麼鬼。」枯樹說倒就倒，我沒辦法丟下他不管。畢竟在台南時，他從沒有丟下我。

湯湯出口緩和著氣氛，「其實茉莉也不是小孩子，我們都不要反應過度啦！臨時想到有事去辦一下也沒什麼。更何況，她才剛從台南回來，再加上阿姨住院，應該積了不少事情吧。」

我沒有點頭，因為我心虛，我只是沒有說話。

丁熒被湯湯說服了，沒好氣的瞪著我，「好啦！第一次看阿泰被妳氣成這樣，我也是心滿意足了。」我乾笑兩聲，丁熒一向對於我單戀長達十幾年的對象十分不滿，她不能認同，學長知道我喜歡他，卻只是接受著我對他的好，而不肯接受我的愛。

但對我來說，是我願意對他好的，錯怎麼能都推到接受的人？那對阿泰學長並不公平。感情裡一個巴掌拍不響沒錯，但有更多的巴掌是打在我的臉上，我還是得痛著接受，這就是單戀一個人的悲歌。

送走了丁熒和茉莉，我媽把我叫了過去，不確定的再問一次，「妳真的沒發生什麼事吧？」

我搖頭苦笑，「我這不是好好的站在這裡嗎？哪能有什麼事？」媽這才露出安心的眼神。

我幫我媽擦了身體，陪她喝了點清粥。大概是剛才擔心我，情緒太緊繃，一放鬆後，我媽便打起了瞌睡，扶她好好睡下後，我偷偷走出病房。突然覺得自己像是變身要去見愛人的十四歲少女，得等家人都睡著了才能偷溜出去。

當我走進枯樹的病房時，他已經醒了過來，拿著手機在滑，見我來了，表情有點難堪。這也是應該，先是被警察抓讓我遇到，接著盲腸炎再被我碰到，人生最倒楣的時候，我都在旁邊看著，也難怪他有這種表情。

「你好多了嗎？」我問。

他點點頭。「護理師說你今天什麼都不能吃，你忍耐一下。」我繼續說著。

他把手機放下，對我說：「謝謝妳，但接下來的我自己可以搞定，妳可以不用再來了。」翻臉比翻書還快。

我看著他，「你不用擔心我會問你什麼，你什麼都可以不用告訴我，但你現在還是需要人家照顧。」

枯樹表情一變，像是我猜中他的盤算。但他太不了解我了，我就算再想知道為什麼，他如果不說，我死都不會問。我就是靠著這股倔強，才能愛阿泰學長這麼久，傻傻的。

「我可以照顧我自己。」他說。

我笑了笑，「是嗎？照顧到痛到昏過去？是你對自己的身體太無所謂了。」我拿了他對我說過的話回送給他。枯樹先是一愣，隨後瞪了我一下，我忍不住偷笑，打人臉的感覺如此美好，我過去怎麼都不知道，尤其是打他的臉。

「你需要什麼嗎？我可以幫你準備。」打了臉後，也是要塞一顆糖的。

他搖了搖頭，我替他說：「不需要對吧。」這次他沒有愣住，抓到了我機車的節奏，又繼續滑手機。

我坐到一旁去，心裡那個還沒有解開的結，總要趁這時候大家都在，坐下來好好談。我才剛清喉嚨，他馬上就看進的我的喉嚨，知道我要說什麼，「我沒有等很久，因為我也趕回台北處理事情了，所以妳根本不用在意那件事，也不用愧疚。」

「那就好。」真的，像我這種人，給別人的我不在意，但欠別人的，就會像心裡的一根刺，時不時就卡著、痛著，「但我還是欠你一頓，說到做到，有機會再一起吃飯。」

他看著我，但沒有回答，我這是被拒絕了嗎？

但我一點都不難過，反正枯樹 style，他只回答他想回答的，說他想說的話。

我走到外頭，去問了護理師枯樹明天是否能夠進食，還有明天後續的相關照護，再走進病房。他又是那一句，「妳明天真的不用再來了。」

但他越是叫我不要來，我就越是要來，我體內的叛逆細胞，被他徹底喚醒。我冷冷的對他說：「我不要來可以啊！那你叫你的家人來啊！不然你病歷上的緊急聯絡人，還是我的名字呢。」

他看著我，又不說話。我不想再去猜他不說的那些話到底是什麼，如果明天我來，有人照顧他，我馬上走人。如果沒有，我實在沒辦法丟下他不管。我搶下他手上的手機，把病床放低，對他說：「你該睡覺了。」

他冷冷的別過頭去，我直接把棉被蓋到他頭上，他又氣得拉了下來，瞪了我一眼，我卻覺得心情很好。

「明天見。」我微笑的對他說完，便走出了他的病房，再次回到我媽的病房，我媽仍睡得很沉。我坐到沙發上，想著要怎麼不著痕跡、不被發現的同時照顧兩個病人。於是我拿著手機的行事曆，計畫著幾點在我媽的病房，幾點到枯樹的病房，把我的行事曆排得滿滿的，我才放心睡著。

只是，隔天一早，我就直接睡過頭。

計畫還沒有實施，我就已經超出計畫了。我內心著急的陪著媽媽吃完早餐，等著醫生巡房，護理師換好藥，扶她去洗手間。她開始看起韓劇之後，我才對著我媽說了一句，「媽，我想去買點水果。」

我媽覺得莫名其妙，指著床頭櫃上那堆丁熒和湯湯帶來的水果問我，「那裡不是一堆了嗎？」

我居然沒有注意到！只能乾笑兩聲，「我想吃草莓，我先去買，馬上回來。」

不管我媽到底覺得我有多奇怪，我錢包拿著便衝出去，到附近買了清粥、水，和住院需要的用品後，再衝進枯樹的病房，二話不說直接拉開病床旁的簾子，畢竟已經接近中午了，我怕他餓死。

結果一拉看，就看到醫生正在檢查他開刀的傷口。全部的人震驚的看著我，除了枯樹，他表現得習以為常。我尷尬的退出，幸好剛剛沒有看到不該看的。我平緩著心情，沒多久後，簾子被打開，醫生對著我說：「狀況都還不錯，燒也退了，也有排氣，明天應該可以出院。」

那就是跟我媽一樣時間出院啊！也太剛好。

醫生走後，我開始整理買來的食物，讓枯樹可以進食，「你現在只能吃清淡的，等病好了，再吃營養一點。」他看著我，又動也不動，好像不想接受我的好意。我直接拿起湯匙往他的手上塞，「不用跟我客氣，就當報答你，在台南喝醉那天，沒有把我丟在路邊。」

他看著我，喝了一小口粥，「其實我想丟，但剛好有人經過，我怕亂丟垃圾會被舉發……」

然後我就對一個病人出手了，打在他的手臂上，響亮亮的一掌，他痛得唉了一聲。

我補充了一句，「多吃東西少說話。」

他沒好氣的繼續進食，我就坐在旁邊用手機回覆一些廠商的訊息。配件廠又要吵著要漲價，這個月的人事成本，因為賣場週年慶多請了幾個工讀生而增加不少，我思索著該怎麼處理這些事時，枯樹又冷不防的問了一句，「妳手好了嗎？」

我抬頭看他，「應該好了吧！目前使用上沒什麼問題。」他繼續吃著粥。

我再回到工作上，回了幾封 mail，向廠商下了些訂單後，食品行打電話來了，「杜小姐，妳這星期牛肉要叫多少？」

六月是餐廳淡季，我回應著，「不用太多，跟上星期一樣就好，要幫我挑油花漂亮一點的啦！」

店家回應，「杜小姐，妳是老顧客了，都給妳最好的了耶。」

我笑了笑說：「你也知道店裡的客人嘴很挑，再麻煩你們啦！」

店家豪氣應允，我一結束通話，他抬頭看著我問：「妳開餐廳？」

我一愣，隨即回應，「不是我，是朋友。」

他放下湯匙，好奇的看著我，「是那個妳付出很多，有去無回的朋友？」他一說完，我舉起手又想再給他一點教訓。他又馬上說：「對人好，是妳的習慣嗎？」他的問話，反而讓我不明白。

「不對人好，難道要對別人差嗎？」我說。

他看著我，用著質問的語氣說：「妳對人好，是純粹付出，還是希望別人也一樣的對妳好？」

我被質疑的有點不開心。對別人好，第一是因為我善良，我喜歡看別人笑。第二，人家要不要對我好，我從不強求，看看阿泰學長，不就是個活生生血淋淋的例子？第三，人家對我好一分，我就想要對他好十分，這是我的義氣，哪是他一個問題就能概括的，人性最好有這麼簡單。

「你放心，我沒有要你對我好，我今天會坐在這裡，純粹就是因為我爽、我開心、我願意，我以德報怨，懂嗎？」我有點火大的說。

結果他覺得我小題大作，「我只是覺得妳這樣無條件的付出，會受傷而已。」

我火氣瞬間消失，話是不會好好說嗎？

我沒好氣的看著他，「看看現在躺在病床上的人是誰，再來跟我說受傷這件事。」

我伸手收起他的白粥，「護理師說你不能一次吃太多。」好，其實他們沒說。

他看著我的反應過度，笑了。從昨天到現在，他第一次笑了，見他心情好，我忍不住問：「你也住台北嗎？還是剛好流浪到這裡？」

他的笑容馬上消失。我以為我又踩到他的雷，剉咧等的時候，他又說著，「我不住這裡。」

「嗯，住在外太空吧！這麼難搞的個性，只有那裡適合你。」我也冷冷的說。他又笑了，根本就是精神出問題吧。本來有點火，打算不管他，但聽到他不住台灣時，我這該死的善良又忍不住問：「那你出院後，要去哪裡？」

他聳了聳肩，「我目前還沒有打算。」

我想起了他那個只有幾十塊的錢包，不知道該怎麼幫他，他又下了逐客令，「妳去忙吧！不要把時間花在我身上，我沒辦法還給妳什麼。」這句話怎麼會是他說，這比較適合阿泰學長說吧！

我瞪了他一眼，便轉頭離開，再跟他說下去，等等換我氣到躺在病床上。我一走出他的病房，就馬上往我媽的病房衝。我佩服起腳踏兩條船的人，體力該要多好，記憶力該要多驚人啊！

因為我早就忘了剛離開前跟我媽說了什麼理由，直到她問我，「有買到草莓嗎？」我才一陣乾笑，這個季節哪來的草莓啊！希望有找藉口的課程，讓我不至於找了理由，自己都覺得好笑。

由於這樣奔波實在太累，我一放鬆就坐在沙發上睡著，再次醒來又是晚餐時間了。我趕緊解決完我媽的晚餐、洗澡後，又找了個藉口跑到樓上，看枯樹餓死了沒有。幸好沒有，只是睡得沉。趁他在睡覺，我去幫他買了牛奶，本想叫醒他，卻瞄到了他放在一旁的錢包。思索了很久，做了一件他一定會非常火的事，但是如果我沒有這麼做，他明天出院後，我可能會擔心得更多。

我非常自作主張的在他錢包裡塞了一點錢，希望明天他出院後，可以好好重新做人，不要再隨便打人。不管對方有多壞，動手都是理虧。也希望他好好照顧自己，買點好吃的、營養的補補身體。當然這些話只放在我的心裡，沒有放進錢包裡。

坐了一個小時，發現他還是睡得很沉，我便回到了媽媽的病房，我媽正看著電視。我打開帶來的筆電，把小酒館幾日 mail 過來的營業報表作好帳，想起昨天阿泰學長的不高興，我心裡又忍不住一沉。昨天的確是我的錯，要先低頭道歉踏出第一步嗎？我好掙扎。還是乾脆就讓阿泰學長討厭死我算了，他不會再找我，也不要理我，或許有一天，我就可以不會愛他了。

在我進退兩難的同時，收到了玫瑰的訊息，「媽明天出院？」正以為這個小女兒難得擁有了良心的下一秒，她又傳了一句，「那我應該不用過去了。」

我看著那幾個字冷笑，差一點就出口詛咒她了。但我忍了下來，把我和玫瑰的對話截圖，做了全世界女人都會做的事——傳到了我和丁熒、湯湯的對話群組，有些人我不適合罵，但有人會幫我出氣，This is real 閨蜜，OK？

我感到被療癒，但抬頭看著我媽，卻又很心酸。我放下手機，走到我媽身旁緊緊擁住她。我媽一愣，「幹嘛？妳幹了什麼壞事嗎？」

我笑了笑，頭埋在媽媽肩窩裡說：「媽，我一定會照顧妳一輩子的。」

媽笑了出來，輕拍著我的背，「我知道，所以媽才說有妳就夠啦！」

這晚，我要她早點上床睡覺，她得好好休息才有力氣。明天就要出院了，接下來的復建是一段漫長的路，我要我媽有心理準備，臉上的腫、瘀青，腳踝的扭傷，還有後腦勺的那道傷口都要讓它完全好起來。我要努力鏟除她的病根，要讓她像沒有摔傷前一樣身體健康。

我媽聽話的睡下了。我整理著帶來的東西，想起枯樹也是明天出院，他能自己處理嗎？我搖搖頭，覺得自己想太多，他都多大的人了，出院跟退房差不多，他應該很會。

眼睛一睜開，隔天就到來了，中午的時候，丁熒和湯湯也來陪我處理出院的事。玫瑰當然就是像她說的那樣，應該不用來，也真的沒有來，反正我也沒有抱什麼希望。手續很快就辦好了，丁熒先去把車開到門口接我們，我和湯湯陪著我媽等待。這短短的幾分鐘裡，我一直想到枯樹的狀況，不知道為什麼心神不寧的，可能需要喝碗四神湯。

丁熒的車很快就到了我們面前，我和湯湯小心的扶我媽坐上車後，湯湯也坐到了副駕駛座。我繞到了車的另一邊，打開門正要上車時，枯樹那雙歷經滄桑的綠眼珠又閃過我的腦海。我內心又開始不停掙扎，最後我還是不受控的對她們說：「我有東西忘了拿，妳們先送我媽回去，我馬上就回去了。」再把車門關上。

我看著她們三個人詫異的表情，感到歉疚，但我還是轉身往醫院裡跑去。趕上了電梯，到達了枯樹病房的樓層。跑進他的病房，再一次拉開門簾，裡面已經不是枯樹，而是一個老伯伯，護理師正在為他量體溫，我被噴了一聲。

「那個李昊天先生退房了嗎？」我抱歉的問。

護理師無奈的點頭，「他一早就辦出院了，而且小姐，這裡是醫院不是飯店，請妳尊重病人的隱私，不要隨便拉開簾子。」

我尷尬的笑了笑，「對不起，下次不會了。」

我帶著有些失落的心走出了病房，離開醫院。我不曉得自己在失落什麼，有一種昨天應該要再對他好一點的遺憾。我深呼吸一口氣，沒讓自己陷在這樣的情緒裡太久，我和他本來就是各自人生裡的過客，只是比較剛好而已。

嗯，剛好。

我攔了計程車回家，該做的我都做了，不該做的我也做了，想到他發現皮夾裡有錢，一定會大發火，我也沒辦法了，反正我看不到就好。一回到家打開門，就聞到飯菜香。阿澤和雷愷也來了，我媽開心的吆喝著我吃飯，「怎麼那麼久，不是說拿個東西嗎？」

我再次說了謊，「因為我找了一下。」

「找到了嗎？」丁熒吃到一半，抬頭笑兮兮的問著我。不知怎麼搞的，我覺得她的笑容讓我感到有點發毛。

我乾笑兩聲，「沒找到。」幸好丁熒繼續吃飯沒有再問，不然我腿都要發軟了。

湯湯幫我拿了碗筷，拉著我入座。老實說，家裡很多東西她們都比我還知道放在哪裡。我在為阿泰學長奔波的時候，她們會來陪我媽，想來我也沒有資格說玫瑰如何，我自己就是個有異性沒人性的傢伙。

當我喝到熱湯的那一刻，我感動得想哭，好久沒能好好坐下來吃一頓飯。當湯的香濃在我嘴裡化開時，我感受到，幸福原來就是一碗熱湯。食慾大開的我，吃了好多東西，連我媽都嚇到，「茉莉，妳這樣，會讓人家以為我這個當媽的平常都沒有給妳飯吃。」

我笑了笑，「好久沒有大家一起吃飯了，我開心啊！」然後我去拿了幾瓶酒出來，這是阿泰學長酒館裡酒商的贈酒或試飲酒，他知道我們三個女人平常偶爾會喝一杯，只要有多的就往我家送。

阿澤和雷愷見我們喝了起來，很識相的都先各自回去加班，晚點再過來接他們的女人，我媽開心歸開心，但體力透支，九點就回房裡去睡了。我開心的為丁熒和湯湯倒過一杯又一杯。

丁熒喝了口酒問我，「老實說，妳下午到底去哪了？」

我一愣，隨口回著，「找東西。」

湯湯笑了笑，「那東西是男人嗎？」

我又一愣，這兩個女人也太可怕了，「是病人。」我說。

「還不老實說。」丁熒突然變得嚴肅，嚇了我一跳。

不是不想說，是怕說了，她們會認為枯樹不是什麼好人，打人還進了警局。我只能回，「就真的沒有什麼嘛。」

「妳幾天這麼奇怪，還說沒有什麼？當我傻子啊！」丁熒不信。

湯湯在一旁也說著，「茉莉，妳上次把我們跟阿姨丟下，是去年阿泰生日時。但我們覺得超正常，可是今天妳不是為了阿泰，我們不知道妳是為了誰，我們很擔心妳發生了什麼自己無法解決的事。如果妳不想說，我們不會勉強，不過妳要知道，我們是不可能沒有發現妳的改變。」

我嘆了口氣，湯湯都說成這樣了，我再不說出來，還算是個人嗎？我只好把和枯樹的再相遇說了出來，她們又一驚。「太扯了啦！巧成這樣，我個人還比較相信巧虎。」丁熒臉上透露著不想相信又得相信的矛盾感，因為她們知道我不會拿這件事開玩笑。

「所以妳們說，於情於理，我是不是該關心他一下？」我為自己的改變找到合理的藉口。

她們看著我，兩人再對看，用眼神交流著，然後同時回頭給了我一句，「不應該。」

怎麼會不應該？丁熒這輩子最講究的就是義氣這兩個字，湯湯是早已打開柔軟的心門，最能同理別人，但她們今天居然都投了反對票，我有一種不被了解的孤獨感。

「妳怎麼會放錢在他的皮夾？很傷自尊耶。」

丁熒說完，湯湯也跟著說：「妳既然這麼擔心他，怎麼會只記得放錢，不記得跟他要電話？」對喔，我到底在幹嘛？

「出去不要說我們認識。」丁熒放話，湯湯也對我的處理不是很滿意。

但是我意外的是另一件事，我小心的問：「他被抓進警局耶，妳們不會覺得他是壞人嗎？」

丁熒一副很受不了我的模樣，「妳以為我們沒有見過世面嗎？不知道原因前，就評斷他是個壞人，不是對他很不公平嗎？」

湯湯也點了點頭故意附和，「我們都是見過世面的人啊！」

對，全世界就我最沒見過世面，我刻板印象以為進警局的人都有問題，我觀念傳統，認為進出警局的人都是壞人。

我沒好氣的瞪了她們倆人一眼，她們笑了笑，丁熒看著我喝了口酒，發出了感嘆，「在我有生之年，從茉莉嘴巴裡還能講出阿泰以外的男人，我死都能夠瞑目了。」

「有沒有這麼誇張，我平常不也說雷愷和阿澤嗎？」少在那邊！

「那不一樣啊！那是我和湯湯的男人，現在這個李昊天，是妳自己的……」

我出口打斷丁熒，「這位姊，妳誇張了，他是男人沒有錯，但不是我的，只是剛好遇上認識而已。」

「ＯＫ，好，反正我也不期待妳會和這個男人有什麼發展，光是妳放錢在人家錢包這件事，就足以讓他下定決心這輩子死都不要再看到妳了。」本以為和枯樹的糾纏，在解開我丟包他的心結後可以直接結束。現在好了，又多一個我傷害他人自尊的指控，我又要心懷愧疚了。

我望向湯湯，希望她為我指引迷津，告訴我沒關係，不要在意，這樣也是另一種好聚好散。她卻一臉無可奈何的表情，我也只能算了，頂多改天去跟神明許願，吃個一年的早齋，來消我滿身的罪惡，「好了，不說他了，反正不會再見面了。」

怕他餓到的我，真的有這麼罪該萬死嗎？

丁熒拉回我的思緒，「對了，雷愷有朋友開徵信社，聽說找人能力很強，要不要介紹妳認識一下？」我點了點頭，找大姊的事我可沒有忘。本想明天就先打電話問看看，畢竟這種行業，找到好的上天堂，找到壞的添麻煩，如果是雷愷的朋友，那就安心了。

「那我再傳地址給妳，有需要的話我陪妳去。」

「好，我明天先進公司，下午有空再過去。」公司暫移的臨時辦公室我都還沒去看過，我也非常掛心，再加上有些工作，還是得進公司處理。

「妳去公司，那阿姨怎麼辦？妳在家工作就好啦！」

「我就去看一下，把該處理的處理好，就會回家陪她。」我說。

湯湯安心的點點頭，結果丁熒嘆了好大一口氣，接著說：「妳明天要處理的何止公事啊！我中午從公司要去接妳的時候，看到阿泰走進店裡，臉臭得跟什麼一樣，他一定還在氣妳丟下他，如果讓他知道妳是為了另一個男人……我不敢想，那畫面太可怕。」

沒好氣的瞪了丁熒一眼，「妳幹嘛想，反正他又不是生妳的氣。」當初為了方便我公司和阿泰學長店裡兩邊跑，丁熒就直接提議，辦公室整修好之前，先搬到阿泰學長小酒館樓上的辦公大樓裡，誰曉得我和阿泰學長會變成這樣。

「也對，妳好好加油啊！杜茉莉，我希望妳再繼續讓他更生氣，妳最近表現太良好了，我要幫妳加薪！」丁熒一定是喝醉了才會這樣說這樣的瘋話，加薪我自己加，還需要她同意嗎？

我翻了個白眼，湯湯笑著搖頭，拿起了電話撥給雷愷，要他過來接丁熒。雷愷像是感應自己女友又在發瘋，正好到了門口，直接帶走丁熒，我謝天謝地。

阿澤過沒多久也來接湯湯，離去前湯湯給了我一個微笑。我知道她肯定又是要鼓勵我，笑著搖了搖頭，「幹嘛啦，我沒事。」

她點點頭，「阿泰的事就別想太多，一切順其自然。」老話一句。

送走湯湯，在門關上的那一刻，我才發現，不知道從哪一天開始，我對阿泰學長的一切，就已經順其自然，關於我對他的那些愛和感情，我已經很久沒有去想了。

到底是從哪天開始不一樣了？

我想，是某天早上睡醒睜開眼睛……

遇見了，一棵大樹。

第六章 領悟

睡了好長的一個覺，我起床時看到手機顯示十二點，整個人都從床上跌了下來。我的生活最近總是好失控，我趕緊起身衝了出去，怕我媽沒人扶她上廁所，會憋尿憋到膀胱爆炸，怕我媽下不了床，會躺在床上直接餓死。結果我走到客廳，張簡婉嬋小姐正坐在餐桌前，吃飯看電視。

我看著整桌飯菜一愣，「丁熒還是湯湯來過嗎？」

哪來的四菜一湯，而且還有我愛吃的水餃？我媽頭也沒抬的說：「我煮的啊！」

我懷疑我是不是太久沒有挖耳屎，還是理解語言能力失調？我不敢置信的問：

「妳腳還在痛要怎麼煮飯？」

我媽看著我，臉上表情又寫著「妳沒見過世面」，「以前我車禍的時候，坐著輪椅都能再去擺攤，現在只是一隻腳在痛，怎麼不會煮飯啦！就說妳不用擔心我了，我把冰箱清一清，明天好去買新的菜。」

我媽忘了一個事實，「媽！妳之前車禍是年輕的時候，現在妳年紀比較大了，已經不比以前了。」我說。

「我知道，但妳也別這樣，搞得我也很緊張，好像我就要死了一樣。我還沒有享受夠，我還想多活幾年，妳別再唸了，吃飯了。」我媽指著面前的空碗，示意我坐下。我也只好坐下，畢竟我也餓了。

我才挾了顆水餃放進嘴裡，媽突然問起，「妳跟阿泰和好了沒？」

我差點被水餃噎死，趕緊吞下後說：「又沒吵架，哪來的和不和好？」

我媽嘆了口氣，「去跟阿泰好好道歉，那天妳突然跑掉，他有多擔心啊！」

我無奈的點了點頭，我不就跑掉一次，他可是常從我眼前忽然消失，跑去找女朋友耶，他對我是一點愧疚都沒有。

我抬頭看著媽媽，「媽，為什麼妳從不叫我放棄阿泰學長，妳真的不擔心我把青春全花在他身上，到最後孤老終身嗎？」

我媽先是一愣，接著說：「那是妳的選擇啊！妳本來就要自己負責。再說了，我叫妳不愛，妳就不會愛了嗎？感情本來就辛苦，如果妳決定不要愛阿泰了，媽也贊成，但媽希望，妳自己好好過日子就好，現在的男人都很糟糕，只有錢才不會背叛妳，好好賺錢比較重要，懂嗎？」

我有點懂，又不太懂，我看過很多人戀愛，丁熒之前交的男朋友也都不怎樣，但後來出現了雷愷。湯湯也被劈腿過，那個害她封閉自己的前男友向她道歉，接著阿澤來到了她的生命。她們現在很幸福，難道我的 Happy Ending 就是只能抱著我的存摺老去嗎？

我覺得混亂，不願再多想，好好的吃了飯，洗了碗，梳洗一下後，準備去公司。媽卻突然敲著我房門，我一打開，從台南穿回來的那套枯樹的衣服出現在我眼前，我媽好奇的問著，「這妳的嗎？家裡怎麼會有男人的衣服？」

我尷尬的笑了兩聲，拿過衣服丟到床上，繼續胡說：「我去台南玩的時候，衣服帶不夠，隨便買了兩件。」

我媽臉腫但眼睛還是很利，「這看起來很舊了耶。」

我說謊成精，「想說穿完就丟，買二手的。」我媽還是很疑惑，趁她下一個問題出現之前，我拿了包包丟下一句，「媽，我先去公司了，回來再說。」然後逃離。

有些話可以對丁熒和湯湯說，有些話打死不行，像什麼喝到醉死、一夜情、只認識三天的男人、警局啦……等等，這種事怎麼能告訴媽媽啊？當然是要好好放在心裡啊！

我搭上了公車才鬆一口氣，因為枯樹帶來的生活混亂，不知道什麼時候才能結束。好久沒有坐公車上班了，像我這種工具人，勞碌是天性，忙讓我安心，讓我覺得自己有存在的價值。能夠被需要，才覺得自己有活下來的理由。身為老二的我，資源永遠最少，我媽最疼愛大姊，最照顧小妹，我只能在夾縫中求生存，當個乖乖牌，才能讓我媽注意到我。

於是，我撿了大姊不喜歡的家事做，用心疼愛妹妹，分攤媽媽的辛苦，從小就展現工具人的真善美特質，長大就真的變成一個工具人。

枯樹的話又突然閃過，「妳對人好，是純粹付出，還是也希望別人對妳好？」其實我有答案，我只是不敢承認而已。

我對別人好，是因為我怕不對他們好，他們就不愛我了。

外遇的爸爸只愛小三，我在我媽的心裡排行老三，想要被愛，我只能不停付出更多的愛，我至今仍覺得這是一道等式。大姊離家，小妹早婚，我媽的身邊只有我，我只能更認真賺錢，對我媽更好，好彌補另外的三分之二。

我活得很用力，為了愛，也為了被愛。

公車到站，但我的人生還沒，我一走下車，就看到位在辦公大樓一樓阿泰學長的小酒館。我想著要怎麼跟他道歉，又到底該不該先開口道歉時，他的車忽然就停在我的面前，接著走下來。發現我在，他愣了一下，看了我一眼，似乎在等著我說話，可是我還在想要說什麼，他就扭頭走了。我急忙拉住他，他回頭看著我，「幹嘛？」跩個二五八萬，但他憑什麼跩？憑我喜歡他。

道歉的話頓時收了回去，「你要給我酒商的進貨單，我才能結上個月的帳。」我反骨的說。

我看到了他眼神裡的失望，「妳只要跟我說這個？」

看他這樣子，真的在等我的道歉，我突然有一點生氣。雖然那是我的錯，但從我喜歡他到現在，我的所有討好，難道抵消不了一次我的叛逆嗎？

我放開了拉住學長的手，退後一步，緩緩的對他說：「還有，對不起。」我發現這三個字，有一半是對我自己說的，不知道為什麼，我竟感到有點對不起自己。「那天突然跑掉，害你擔心了。」我認錯，對於那天的失控，但僅止於此。

阿泰學長愣住，我沒有想要再多說什麼，轉身準備走進大樓，換阿泰學長拉住了我。拉來拉去，好玩嗎？我好奇的看著他，他不悅的說：「就這樣？妳不用解釋一下，妳那天到底去哪裡嗎？」

「這很重要嗎？」我第一次想對阿泰學長發脾氣。

他點了點頭，「很重要，因為妳從來不會這樣。」

是啊！我從來就是跟在阿泰學長的身後，亦步亦趨。

他即使不用回頭，我都會主動站在他面前，給他微笑，給他任何他想要的東西。第一次被我丟下的感覺，竟讓他如此適應不良，我的愛就這樣寵壞了一個男人，歪了。

「我很抱歉我以前不會這樣，才會讓你現在這麼驚訝。」我都不知道自己講話可以這麼酸。

阿泰學長又是一愣，像是我再度給了他一次重擊，不敢置信的看著我，「妳最近到底怎麼了？」

我也不知道，我只知道人都是會變的，但不曉得自己也會迎來這一天。我真的不知道從哪說起，反正多說無益，我只想趕緊結束這個對話，一臉無奈的看著他，「最近公司整修搬家，我媽又跌倒，一堆事卡在一起，連小酒館要給廠商的帳款我都還沒有處理，上個月報完稅的資料，我也還沒去會計事務所拿。如果你有空擔心我怎麼了，那你不如花力氣去處理這些事，畢竟這才是你的店。」

學長的表情逐漸恢復正常，他還沒開口，他那位不知道從哪裡冒出來的女友卻開口了，「其實我可以幫忙處理。」小宣走到我和阿泰學長的旁邊，帶著微笑，帶著女朋友的該有威嚴站到我們面前。

這次是我傻眼了，阿泰學長從來沒有一個女友對我說這樣的話。小宣繼續說：「我也覺得泰哥不對，妳都這麼忙了，怎麼還老是要妳幫他處理店裡的事。聽店裡的員工說，大部分時間還都是妳在幫忙開店跟閉店，我看還是妳把鑰匙給我，我來處理就好。」

我看著小宣認真的臉，喉頭瞬間乾澀。她的話像緊抓住了我的喉嚨，我不懂為什麼我會有一種被抓姦的感覺，像是和學長偷情被小宣撞見，她來宣示主權，大喊著要我把一切還給她，而我像是被壓在地上狂呼巴掌的小三。

然後，我像認清了本分，知道自己踰了距，知道這個男人不會屬於我一樣。

我深呼吸一口氣，從包包裡拿出那一大串我本來要拿來打開阿泰學長心門的鑰匙。就在我要遞給小宣時，學長制止了。他把我的手推開，嚴肅的對小宣說：「店的事從以前到現在都是茉莉在處理，我沒有打算換人碰。」

小宣的表情瞬間變得非常難看，如果是我聽到這樣的口氣，這樣的一句話，我的臉可能比小宣更臭。原以為小宣會生氣掉頭就走，但她沒有，她又換上了微笑的表情，語氣自然，像什麼事都沒有發生一樣，「知道了，你幹嘛這麼嚴肅啊？身為你的女朋友，也會想盡點心力啊！」

阿泰學長察覺自己反應過度，表情頓時柔和起來，回應著小宣，「沒事，茉莉很強，她會搞定。」

小宣轉頭看我，繼續笑著說：「茉莉姊，那就再麻煩妳了，我男朋友偶爾脾氣不太好，如果他過度勞役妳的話，我幫妳去勞工局申訴！」

除了乾笑，我不知道我還能有什麼回應。

小宣轉身，俏皮地捏了捏阿泰學長的臉頰，「我去幫你買杯咖啡，等等再過來喔！」

阿泰學長溫柔的應了聲好，小宣一走，我像是打過一場大仗般的疲累，我甚至都還沒有還沒有開始上班，就有了想回家的念頭。小宣讓我意識到了，總有一天，我都是要把這一切交出去的。

一個不屬於我的男人，又有什麼是屬於我的呢？

「阿姨好多了嗎？」阿泰學長打斷了我的思緒。我點點頭，看著他的臉，我看過他的青春、見過他的頹廢，我陪著眼前這個男人經歷了十幾年他的人生和一切。幫他找論文資料、等他當兵退伍、陪他熬過創業初期，我見過他最好和最不好的時候。以前我的眼裡，都只會出現這個男人終有一天會愛上我的幻想，但現在看著阿泰學長，卻看到了他永遠不會愛我的現實。

我揚起了不自然的微笑，學小宣那樣無所謂的語氣，「學長，或許我真的該退休了，這些事早晚也是會交給你老婆的啊！」

「不要。」學長直接就給了我兩個字，有點任性，他對我一向如此，「而且我現在又沒有老婆。」

我還想再說什麼，他又打斷我，「妳後天有沒有空？阿肥說進了新酒杯，我想去看看。」阿肥是餐飲器具專賣店的老闆。

「你去看就好啦！你喜歡比較重要。」我說。

「妳喜歡也很重要。」學長回應著。

「為什麼？」我不明白。

「因為妳洗的機會多，喜歡的話，妳比較不會摔破。」阿泰學長啥時心情又變好了，可以開起我的玩笑了？

我沒好氣的看了他一眼，「以後我都不洗了。」

「除了妳，沒有人會站在我的洗碗槽前面幫我洗了。」他又將我一軍。

睜眼說瞎話，大概是學長很會對我說這種好聽話，才讓我願意在萬丈深淵裡浮沉吧！學長突然認真了起來，擔心的說：「茉莉，有事隨時跟我說，就算是很小的事，我也想要知道。」

「比如我今天上廁所用了多少衛生紙這種小事嗎？」我問。

他給了我一個白眼，「妳知道我在說什麼。」

我當然知道，但為什麼突然想知道？只有我會連學長的支微末節都想記下，什麼時候開始，學長竟也這麼關心起我的生活中的小事？學長說我變了，但他好像也變了。

「我先上去了。」現在不是探究改變的好時機，那些被我堆著的待辦事項，我得要先處理。

「嗯，後天，別忘了。」學長說著，無論我有沒有答應，他都認為我會說好，因為我沒有拒絕過他，我就算再忙再累也會點頭。

「知道了。」然後我轉身走進辦公大樓時，仍感受到學長的注視。

一進公司，聞到布料、丁熒的香水、紙張的味道，我安心下來。暫時性的據點，讓大家在克難的環境裡工作，真的覺得有點抱歉。得要和丁熒跟湯湯討論一點對策，有些孩子增加了交通時間和費用得要補助，有的甚至沒有辦公桌只能窩在角落。我們都曾是別人的員工，嚐過當員工的辛酸和苦楚，當我們成為別人的老闆，我們盡量不要讓成為那些曾讓我們感到傷心的上司和主管。

大家看到我來，誇張得好像三年沒見到我，一人一句。我像被丟進觀光區鯉魚池的魚飼料，差點被吞沒。

「台南好玩嗎？」「有伴手禮嗎？」「茉莉姊，妳怎麼瘦了！」「杜媽媽還好嗎？」「好想妳喔！妳不在，都沒人補零食櫃了啦！」

然後，我又花了一堆時間，回應著他們的問題。

當我坐到椅子上可以真的工作時，丁熒又來了，「拜託妳，先給我一個小時，我先把比較急的事完成。」我難得拜託她，露出求救的眼神。

但她沒有理我，又丟出了一個問題，「妳今天有空過去徵信社嗎？」

我差點就忘了這件事。看著電腦上的時間，已經下午三點了，但其實不管幾點，這是我目前最急的事。我朝丁熒點頭，「我今天一定會找時間過去。」

丁熒把徵信社的名片丟給我，「這是地址，我晚點要去百貨公司開會，沒辦法陪妳去，湯湯去看樣，她說她六點前會回公司，看妳要不要等她，讓她陪妳。」

我搖了搖頭，「不用，我可以自己搞定。」其實她們一直是陪著我的，就算人不在，但心在。

丁熒又突然問「跟阿泰和好了？」

話題轉的好快，反應不夠快的人跟丁熒說話都會吃虧。我吃驚的看著她，難道她最近學會算命？她看出我的疑惑，指著她辦公桌後的落地窗，我這才明白，她剛才應該是站在那扇窗面前，看到了一切。

「就那樣囉。」我說。

丁熒無奈搖頭，「每次都一樣的結果，老套。」

我笑了笑，過日子本來就是老套，反正每天都差不多，「好啦！妳去忙啦！我會自己處理，有問題一定跟妳說。」

她這才放過我，拿了包包出門。我開始專心處理起工作，當我把今天該完成的事做完，已經下午五點多了。我趕緊收好東西，撥了通電話到徵信社，確定現在方便過去，我便趕緊離開公司，攔了計程車前往。

和想像中的不太一樣，本以為徵信社會是那種在燈光暗暗的，電梯還會發出怪聲音的舊大樓內。沒想到居然像是百貨公司的貴賓休息室，有美麗的櫃檯人員接待，將妳帶到放著輕音樂的VIP包廂，問妳要咖啡還是茶，需不需要來塊蛋糕或馬卡龍。

我微笑著說：「不用，給我水就可以。」

小姐微笑點頭，「好的。」

她轉身離開，一位長相斯文的男子走進，看起來不像徵信社，像是銀行行員要來幫我規畫基金。他伸出手禮貌介紹自己，「杜小姐，妳好，我叫張懷生，是雷愷的朋友。」

我也趕緊起身伸手回握，「你好。」

「既然妳是 Rex 的好朋友，那我一定盡全力解決，不曉得杜小姐需要處理什麼業務呢？」張先生很客氣的說著。

我說起了想找大姊的事，他認真的做著紀錄。

「那妳有照片嗎？」他問著。

我點了點頭，從手機相簿裡翻出一張老舊的兒時照片，那年玫瑰才兩歲。

張先生看到照片，頓了一頓，問我，「有比較近期的嗎？」

我搖頭，大姊離家沒多久後，我們也搬家了，小時候的相本不曉得為什麼全不見了，大姊的東西也都消失了。我媽說是搬家公司弄丟的，唯一的這張，還是幾年前玫瑰出嫁，整理她的東西時，在某本書裡發現的。當時黏在封面上，我再怎麼小心拿下來，還是損壞了不少，特別拿去給沖印館修復才能留下。

「這有點難度，但我們會盡力，我可能需要更多她的私人資料，像是身分證字號這類的訊息。」

「我可能需要回去查一下才會知道。」我說。戶口名簿裡應該會有吧！

結束了這次的對談，張先生送我走出包廂，「那就麻煩杜小姐了，找人需要一點運氣，要請杜小姐耐心等候。」他有禮的說。

「沒問題，那就麻煩你了。」我微笑道了再見，回頭就見剛才招呼我的櫃檯小姐，正帶著一道熟悉的身影走向我。當我發現那人竟是枯樹李昊天時，我嚇得停住腳步，連路都不知道怎麼走了。

一切都是幻覺！一定是幻覺！

但我背後的張先生卻熱情的喊著，「昊天，你來啦！」

好的，這不是幻覺，我看著枯樹，他也正看著我，嚴格來說是瞪著我。他沒有走到張先生面前，而是走到我面前，直接抓住我的手，咬牙切齒的對張先生說：「懷生，給我一間房，隔音要好的。」

我馬上低下頭，不敢面對櫃檯小姐和張先生的眼光。張先生有點結巴的問：「怎、怎麼了？你們認識。」

枯樹冷笑說了一句，「何止認識。」

張先生指著身後幾間房間說著，「隔音都很好，但是……」

但是枯樹不聽不理，拉著我就隨便打開一間VIP房，走了進去，然後非常生氣的關上門，「砰」的好大一聲。我如果能夠安全的離開這裡，第一件事，就是要去行天宮收驚。

我不敢看他，因為我知道他一直在瞪我，然後完全不說話。他這樣一直看我，都不說話，我被他看到頭皮發麻，心裡不爽，有事就講，一直看是要幹嘛？我只好先開口，本想嗆他，「有話快說。」結果一開口，出乎自己想像的孬，「嗨，好巧。」

他又一個眼神掃射，火大的從口袋裡拿出錢包，然後把一疊錢丟到我面前，「這妳放的嗎？」

本來就知道他一定是為了這件事才這麼生氣，我也很直接的點頭，「對。」

「妳沒事放錢在我錢包裡幹嘛？」他問。

我小心解釋，「我怕你生病需要用錢，你自己在台灣又沒有人可以照顧……」

還沒有講完，他就打斷我，「妳一向都這麼自以為是嗎？想對別人好就對別人好，不管別人要不要？」

「我……」

「妳都是這樣硬塞自己以為是的好意，強迫別人接受嗎？」

我很想為自己解釋，但我解釋不了，也沒辦法解釋，我就是他說的這個樣子。

「妳知道妳這種行為很令人討厭嗎？」我看得出枯樹的表情有多麼嫌惡。

這句話，將我打入地獄。我一直以為我的付出是愛，結果我的愛卻造成了別人的負擔。阿泰學長應該也是這麼覺得，所以我的感情生活才會一直這麼失敗吧！

我忍住想哭的衝動，畢竟討人厭的我沒資格在他面前掉淚、示弱博取同情。我收起桌上的錢，向枯樹道歉，「讓你感到不舒服，是我的錯，我很抱歉，以後不會再這樣了。」

這時，丁熒和湯湯推開門衝了進來，在我還沒有反應過來時，就把我拉到背後。丁熒氣沖沖的衝著枯樹咆哮，「這位先生，你說話要不要留點餘地？就算她的方式不對，但她的善良有錯嗎？她媽媽也在住院，為了照顧你樓上樓下跑。知道你一定不會收她的錢，又擔心你自己一個人，才會這麼做。在你處理你的情緒之前，可以先想想她的用心嗎？」

枯樹愣住了，沒想到會突然出現一堆人。

湯湯也不高興的說：「你不想接受就不要接受，何必把話說得這麼難聽。」

我看著她們為我打抱不平，更感到自己的懦弱和無能。我拉住暴衝的她們，不想事情一發不可收拾，「別說了，他說得沒有錯。」

我到此時此刻才真的知道自己的問題。自以為是的付出，是多大的問題，我今天才知道它的嚴重性，那會讓人討厭，會造成紛爭。我不想再面對枯樹的任何表情和眼神，我轉身離開，腳步越來越快。在我走出大樓的那一刻，我的左腳絆到了右腳，身體往前一倒，趴在了人行道上。

丁熒和湯湯在我身後驚呼，趕緊把我扶了起來。她們以為我會哭，但我沒有，我只想笑。然後我笑了，笑我自己活了三十幾年，活成這種軟爛的樣子，我的人生是個笑話，剛好取悅了我自己。

湯湯擔心的看著我，「妳沒事吧！」

我笑著搖頭，「怎麼會有事？不管我做對做錯，都有妳們幫我出氣，我怎麼會有事。」

丁熒還在生氣，「妳要去改運，怎麼都遇上一堆不知感恩的人。」

我一愣，又笑開了，「不是他們不知感恩，都是我的錯。」枯樹說的每一句話都是對的，他會討厭我是正常的，阿泰學長早習慣我的付出也是正常的，問題都是在我身上。

聽我這麼說，丁熒更火，「杜茉莉，妳是瘋了嗎？」

沒有，我從未這麼清醒過。

「丁熒、湯湯，謝謝妳們願意當我的朋友。」像我這樣萬事不足的人，竟能擁有她們的真心誠意，已經是我人生最大的好運。

「妳在說什麼啊！」「妳不要被他說的話影響。」她們著急的說。

「我想回家了。」我說。

「我送妳。」她們異口同聲。

我搖了搖頭，「不用，讓我自己回去，拜託。」

現在的我，只想躲在自己的影子裡，我需要和自己獨處。我對她們揮揮手，轉身就走。她們沒有跟上，但我知道她們會有多擔心，可是我管不了這麼多了，我需要獨自喘口氣，才有力氣繼續呼吸。

我就這樣一路走了回家，想著自己的自以為是，把自己推進了黑洞，那個得要比別人還要用力生活的黑洞。我該停止，停止讓自己肌肉痠痛的這一切，做得再多再累，結果卻仍是不盡人意。

那不如，什麼都別做了吧！

我走進家門，媽媽已經睡了，餐桌上，有為我留下來的晚餐，還有叮嚀著我別太累，早點休息的紙條。當我喝了第一口雞湯，眼淚也瞬間掉了下來，我邊喝邊哭，邊吃邊流淚，枯樹的那些指責，不時出現在我腦海，即使知道自己不對，但還是會為自己感到委屈。

這晚，我夢到了枯樹那張厭惡的臉。

因為夢境太可怕，隔天我很早就醒來了。見我媽還在睡，想起她說過想去買菜，我便拿起錢包，為她去市場採買。對其他人，我可能什麼都不想再做，但是對我媽，我永遠都要付出。

回到家時，媽已經起床，我聽到她在房間裡講著電話。談話內容我聽不太清楚，但感覺不是很愉快，我正想過去問我媽是不是有什麼事時，房門卻開了。

媽媽表情十分嚴肅的拿著手機走出來，見到我在門口，也嚇了一跳，「妳怎麼這麼早？」

「怕妳偷跑出去，先幫妳買菜。妳剛在和誰講電話？這麼生氣？」我問。

我媽笑了笑，「詐騙集團，說我女兒在他手上，我氣得問候他家祖宗十八代。」我也忍不住笑出來，「敢詐妳？真的是不想活了。」母女人有默契的笑了笑，我提醒著我媽下午得回醫院回診，「我會回來接妳。」

「知道了。」媽點了點頭，摸著我的臉關心的問：「妳昨晚沒睡好？眼睛怎麼這麼腫？」

我無可奈何的說：「對啊！有隻打不死的蚊一直在我耳邊叫。」我絕對不是在罵枯樹。

「等下妳去公司，我就幫妳點個薰香在房間。」

「謝謝媽，對了，我們家戶口名簿放哪了？」

「突然拿戶口名簿做什麼？」

「公司要用到。」我隨口亂說。

媽看了我一眼，沒再追問，「在我房裡的第一個抽屜。」

我點頭，轉身進去我媽房間，找到了戶口名簿，上頭卻只有我跟我媽兩個人的名字，大姊和玫瑰的名字都不在了。我失望的放了回去，想著哪裡可能還會有大姊的相關資料，卻發現大姊留下的痕跡少得可憐。

我只能先去公司，然後聯絡張懷生，告訴他我僅有的資料就只有昨天說的那些了。他說沒有問題，只要不是有心隱藏自己的身分，基本上都會找到的。我謝謝他之後，告訴自己要努力工作，畢竟這收費也不便宜。

但在公司，椅子都還沒有坐熱，助理就到我面前說著，「茉莉姊，有人找妳耶。」我疑惑地抬頭一看，小宣就站在門口。我有一種不祥的預感，還是硬著頭皮上了，因為這是第一次學長的女友主動找我。

我向助理交代了我在前面的咖啡店，馬上就回來，有事打電話給我，便和小宣離開。到咖啡店的路上，她不吭一聲，什麼話也沒有說，我更感覺奇怪。

我們面對面坐下，服務生為我們點餐、送餐，她還是一句話都沒有說。我只好先開口，「妳找我有什麼事嗎？」

她看著我冷笑了一聲，我很想問笑點是什麼，她終於說話了，「我打算和泰哥結婚。」

好久沒被雷打到，我心裡簡直出現了龍捲風。我仍然假裝冷靜，「那很好啊！」表示我終於可以完全死了這條心。

「我希望妳可以離泰哥遠一點，我知道妳喜歡他。」

我沒有回應。和她才見過幾次，她就能看出我對阿泰學長十幾年的感情，到底是我太不會隱藏，還是女人對自己男人的事都特別敏感？難得有阿泰學長的女友把我當成了對手，我該慶幸嗎？

「妳到底想說什麼？」我問，說到要我離阿泰學長遠一點就夠多了吧。

「我知道妳的把戲，妳以為掌管泰哥的一切，讓他習慣妳、離不開妳，妳就有機會了對嗎？」女人還是最懂女人。

我苦笑，我知道自己有多失敗，「對，但我從來沒有機會，不然妳怎麼會成為學長的女朋友？」

她冷冷的看了我一眼，「那妳滿有自知之明的啊，我也不想再多說廢話了，妳把鑰匙給我吧。」

這次我沒有訝異，她來找我的時候，我就有了預感，她是女人，我也是啊，離開公司時，我就把那串鑰匙帶在身上了。我拿出來遞給了小宣，本以為會難過的我，卻覺得輕鬆不已。

或許是昨晚讓我醒悟了一些事，我在枯樹的那句話裡，找到了自己失敗的原因，也真的承認了我的失敗。這麼多年來付出已經到底了，我不想再浪費下去，無論我會不會孤老終生，那些對愛的雄心壯志已對現實妥協。

我起身想走，小宣卻仍對我不留情面，「妳知道嗎？我最討厭妳這種女人了，用別人對你的依賴來綁架情感，看起來很像無怨無悔，其實還不是有所求！看了真夠噁心，也難怪妳在泰哥身旁這麼多年，他還是沒有打算跟妳在一起。我告訴妳，男人不會愛上一個像自己媽媽的黃臉婆，懂嗎？」

再次感謝昨天枯樹先帶給我的衝擊，讓我對這些話不至於驚慌失措。我正想謝謝她的指教時，有人幫我說話了，「這麼會說怎麼不去找妳男朋友說？妳怎麼不去罵自己男朋友，問他為什麼利用別人的付出來成就自己？妳好歹也長得像個人，怎麼不好好說人話。」

我一回頭，枯樹正站在我的身後，手插在長褲口袋，冷眼瞪著小宣。這人也真是妙，昨天罵了我一頓，現在又幫我說話，精神分裂。

「你以為你是誰？憑什麼這樣對我說話？」小宣耳紅面脹氣呼呼的指著枯樹罵。

枯樹站到我的身旁，也指著小宣，「那妳以為妳是誰？憑什麼這麼對她說話？她的把戲妳懂，但妳的把戲我也懂，有本事去妳男友面前表現這種刻薄樣子啊！雙面人。」

我一愣，這人到底從哪裡開始聽到的？算了，反正我在他面前早就夠赤裸了。

小宣氣急敗壞，「你怎麼可以這樣對一個女生說話。」

枯樹翻了個白眼，「那妳剛才怎麼也對一個女生這樣說話！」

覺得他們會吵個沒完，我出聲制止，「好了，別吵了，走吧！」

我拉著枯樹想走，小宣又火上加油，「妳看，又在假裝溫柔了，我才不吃妳這套！」

有些人就是嫌命長。

我停住腳步，冷冷回頭，我不是不想吵，而是我最近真的累得沒力氣吵。

本想安安靜靜讓一切結束，結果小宣卻一副欠罵的樣子。我只好不辜負她的期望，我走到她面前，惡狠狠瞪著她，「妳最好對我心懷感恩。算命說我旺夫，我就算沒跟阿泰學長在一起，也旺到了他。要不是有我在阿泰學長身邊，為他做牛做馬，他小酒館現在哪來的生意？妳哪來的福氣當現成老闆娘？還有臉在這裡對我叫囂？」我用力拍桌，全場靜默，小宣也嚇了一跳。「不是我離學長遠一點，是他媽的你們兩個都離我遠一點！」

我說完轉身就走。一打開咖啡店的大門，我大笑了出來，為自己出氣的感覺太爽。

「早這樣不就好了？」枯樹也跟了出來，站在我面前，對我這樣說著。

我看了他一眼，收起我的笑容，「你也離我遠一點。」這些人都離我遠一點，我的日子才能安靜。

突然覺得，離開阿泰學長不難，想要要擁有平凡的生活最難。

我說完就要走人，枯樹卻大字型的擋在我面前，「等一下，昨天我話說太重，我要跟妳道歉。」

我笑了，笑到他表情有點發寒，「一點都不重，我還要感謝你呢。但你還是離我遠一點。」我伸手推開他，右手已經不痛了，足以把他直接推到火星。

「茉莉！」他又拉住了我，喊我的名字。

「叫屁啊！」聲音再好聽都沒有用。我火大回應著，失控的伸手打他，「有什麼好叫的，你不是討厭我嗎？幹嘛又出現？你說我奇怪，你就不莫名其妙嗎？誰叫你看起來就一副很慘的樣子，我要不是怕你沒飯吃，我有需要做這種事嗎？」

好，雖然告訴自己不要介意，其實我介意得要死，被他討厭也難過得要死。那些對自己的勉強，這一瞬間，我都不想再逼迫自己。

打到心裡舒暢了一點，我才甘心停手。一抬頭，枯樹像身上長出了綠色的葉子，笑著對我說：「好了，打完就不能生氣了。」

「你說了算嗎？我就是要氣，要氣很久。」

「隨便妳。」然後他突然又脫下他身上的襯衫，披到我的肩上。

我伸手想揮開，他出聲說著，「妳確定要讓別人看到妳的內衣？」

我一愣，低頭一看，上衣的鈕扣掉了好幾顆，應該是在打他的時候，太過激動弄掉了，我的紅色內衣就這麼大刺刺露了出來。

見到他又面無表情，不為所動的為我拉好衣服，扣上他披在我身上的襯衫釦子時，我忍不住揮開他的手，火大的拉開了我的衣服，把公司上一季賣得最好的紅色激情系列，外罩杯有細緻的宮廷刺繡，中間還有施華洛士奇水晶流蘇的內衣，再次展現在他面前，問了一句，「你是gay嗎？」

然後，他一臉慌張，發出怒吼，「杜——茉——莉！妳有事嗎？」

有啊！不然怎麼直到今天才有所領悟。

第七章／懺悔

有一種不甘心，就叫作氣不過。

我也不想這麼咄咄逼人，但我就是氣不過。眼前這個人看光了我的一切，還是不把我當一回事，這股氣叫我怎麼吞下去。

「你說說看啊！」希望他說是。

他瞪了我一眼，再次把我衣服拉好，快速將釦子扣上，像是怕我又失控，讓他看到什麼不乾淨的東西一樣，然後對我吼了兩個字，「不是！」

「為什麼？」為什麼不是？

我想哭，但眼淚還沒能真的掉出來，丁熒和湯湯卻突然出現，對著枯樹大吼，

「你要對我們家茉莉幹嘛！」要真的是對我幹嘛也就算了，重點是，他根本不屑對我幹嘛啊。

枯樹又被嚇了一跳，趕緊放開還在我胸前的手。湯湯和丁熒狠狠瞪著枯樹，我覺得她們一定誤會了什麼，趕緊走過去攔住她們，「冷靜，什麼都沒發生。」

丁熒狐疑的看枯樹一眼，著急的問我，「聽助理說妳被人叫出來，那人語氣不是很好，是誰啊？又是他嗎？」

我搖了搖頭，「是阿泰學長的女朋友。」我趕緊為枯樹澄清。

湯湯一臉好奇，「她找妳幹嘛？有事在公司也可以說。」

我回想了剛剛的那一番對話，搖搖頭，慶幸了起來，「還好沒在公司說。」

「那到底是怎麼一回事，為什麼這個人又出現了？」丁熒指著枯樹，不解的問。

可是老實說，我到現在也不知道他為什麼會出現。我不知道從何說起，然後枯樹就自動自發開始說了。

原來，昨天晚上丁熒和湯湯從徵信社追出來時，湯湯猜到枯樹一定會後悔對我說過那些話，便偷塞了張公司名片給他。其實他昨天當下就想向我道歉，只是我跑太快。

他說著說著，給了湯湯一個感謝的笑容，湯湯看著我和丁熒乾笑。

早上他照著地址找來，沒想到剛好看見我和小宣走進咖啡店，所以跟了進來，聽到小宣說的那些話。

他也把那些對話一字不漏的告訴丁熒和湯湯。丁熒整個爆炸，看到她轉身就我知道大事不妙，我急忙要枯樹抓住她。

果不其然，再差一秒，那個小宣可能就會有生命危險，「給我放開，我要去找那個八婆算帳！」

枯樹幾乎要抓不住丁熒，我急忙安撫，「沒事了，真的，我一點也沒有難過，也沒有生氣！」

丁熒和湯湯不確定的看著我，「怎麼可能。」

我笑了出來，「真的，相信我。」這輩子從沒有這麼認真過，我真的知道，這一秒，跟接下來每一秒的我，都很好。

丁熒這才平靜下來，「杜茉莉，妳最好不要騙我，我受夠了妳吃苦當吃補。如果妳自己沒辦法討回公道，那我們來幫妳，沒有什麼大不了的。這世界上學有專精、術有專攻，我丁熒就是專門來剋這種女人的。」

講得好像她復仇系畢業的。我無奈的說：「如果換成我是小宣，我可能也會跟她一樣。她說的沒有錯，我很自私，為了讓阿泰學長喜歡我，用了心機。今天她看穿了我，身為阿泰學長的女朋友，她本來就有資格對我說那些話。」

以為自己很渺小，但我忘了愛情容不下一粒沙。想著過去我的存在，或許也帶給阿泰學長其他女友不舒服的感受，只是我自己不知道，又或者我明明知道還是故意這麼做，還以為自己的愛多驕傲。

不過就是一個手段。

我總在阿泰學長交新女友時，因為害怕他從此離開我的生命，眼裡只有女朋友，於是更努力穩固我的地盤，自以為是最可憐的人。沒想到在這樣的關係裡，那個新走進阿泰學長生活的女友，才是被我對阿泰學長的愛傷得體無完膚的人。

或許阿泰學長的戀情不長，都是我害的。

然後，我居然還有臉說我愛他？

我到底在幹嘛！我真的很後悔，我本來就不應該存在於他的任何一段感情裡，即便我對他來說，可能永遠都是他口中的妹妹，我也不應該留下。對於一個從未真的談過戀愛的我來說，完全小看了感情有多脆弱。

丁熒消氣了，因為她知道我說的沒錯，無論我們再怎麼生氣、憤怒、火大，多想為身旁的人出頭，我們都會忍下，因為我們不再是小孩子，懂得對錯，分得出輕重。

「OK，但講話難聽就是她的錯，年紀小小的這麼氣勢凌人。」丁熒還是生氣，然後湯湯笑了笑一句話就KO了她，「幾年前妳不也是這樣。」

丁熒完全無法反駁，只好轉移話題，對著枯樹勾了勾手指。枯樹帶著疑惑的表情走過去，丁熒用力的拍了他的背，「你將功折罪了，看在你今天挺我們家茉莉的分上，昨天說的那些鬼話，我就不跟你計較了，走，去我們公司，請你喝茶。」

嗯？這是什麼化敵為友的鬼故事嗎？

枯樹就這麼被帶回我們公司。我阻止不了丁熒，湯湯是看起來不想阻止，一到公司，見我的男性朋友除了阿泰學長，居然還有別人，大家都非常吃驚，像在看動物園裡的猴子一樣看著枯樹，我對他感到抱歉。

很害怕丁熒和湯湯會調查他的祖宗十八代，但她們沒有，只是隨便聊聊，問起他開刀後傷口復原得如何，現在有沒有地方住。

枯樹仍是保持他一貫的神祕，用著政客般的口吻回應，「謝謝妳們的關心。」我只能在旁邊無限白眼。

接著又聊了一些不著邊際的事，政治、經濟、連偶像八卦也聊了一些，沒想到他居然會看數字週刊。枯樹對我們創業的事也很感興趣，丁熒這個業務嘴跟誰都能聊很正常，倒是湯湯居然也說得起勁，就讓我很意外了。

然後，丁熒突然問起，「聽懷生說你們認識？」

枯樹點頭，「嗯，小學同學。」

「還以你是他的客人。」丁熒笑著說。

「也是客人。」枯樹也直接回答。

突然助理走到我們的桌旁叫著，「丁姊，有些客戶那邊可能需要妳親自回電。海若姊，工廠阿姨說樣品做好了，請妳過去拿，他們今天只到六點。」因為大家都還有工作要忙，我也跟著起身，準備結束這場高峰會談。

然後丁熒對我說：「妳幹嘛？跟昊天多聊聊啊！」

昊天！

丁熒會不帶姓的直呼對方名字，表示她認同對方，願意把對方當成朋友。就在剛剛不到一個小時的時間內，她已經叫他昊天了？

看到我的訝異，湯湯也笑了出來，拍了拍我的肩，「你們應該有很多話要說。」

「哪有？我沒有要跟他多說什麼廢話。」我說，被枯樹瞪了一眼。

接著，他起身對丁熒和湯湯微笑道別，「妳們忙，茶很好喝，有機會再一起吃飯。」

這是人話嗎？為什麼對我和對她們有差別待遇？丁熒和湯湯點頭微笑，連丁熒也留了手機給他，要他在台灣有需要幫忙可以連絡她，枯樹看起來十分感動。

我翻了個白眼，又被他看到。

「茉莉，那就麻煩妳送昊天下去。」湯湯居然也這麼叫，我感到非常不舒服，也只能很不甘願的陪他下樓。

「丁熒和海若很棒。」他在電梯裡面這樣對我說。

我冷冷的看了他一眼，「嗯。」這還用說嗎？

他笑了出來，「妳幹嘛不耐煩。」

「大概是看到你吧。」我說。

他笑了笑，不在意的繼續問著，「妳去懷生那裡做什麼？」

「找人。」我說。

「找誰？」他問。

「那你找誰？那個很重要的人？」我隨口問著。

沒有想過他會回答，但他很豪爽的點了點頭，接著問：「妳也是要找很重要的人？」這不是廢話嗎，誰會花錢去找一個不重要的人，然後我剛剛也是這樣問了他一堆廢話。

「我大姊。」我說。

他看著我，一臉意外，然後想問又不敢問的樣子。我比他好說話、比他仁慈、比他善良，我解答了他的疑惑，「我大姊離家出走很多年，我想知道她去哪了。」

他點點頭說：「會找到的。」

「你又知道了。」

他笑著對我說：「妳一定要這樣想，才撐得過去。」他一副過來人的樣子。

「你撐很久了？」他點頭，然後我只好對他說了一句，「會找到的。」

他笑了笑，一臉讚許。也該讚許，像我這麼現學現賣的學生，真的不多。

陪他走出大樓，難得這麼和平相處，想好好跟他道再見時，他又突然問起，「為什麼妳覺得我是gay？」

我被他問倒了，乾脆直接反問：「那為什麼你看到我的身體都沒有感覺？」

他開始大笑，笑完後臭臉對我說：「杜茉莉，妳真的很有事，妳怎麼不覺得那是因為我紳士？」

「我還真沒想到這個可能。」當你看到一個外表隨興到不行，整個頹廢又滄桑得像一棵枯樹的人，怎麼會想到他跟「紳士」這件事扯得上邊？我只想到他真的有錢吃飯嗎？又沒有工作，他該怎麼養活他自己？

他沒好氣的瞪了我一眼，用手敲了我的頭，「妳真的是……」

「怎樣？」我也瞪著他，反攻。

兩人很幼稚的人就在那邊，怎樣、怎樣、怎樣。但都沒有怎樣，就聽到阿泰學長叫了我一聲，「茉莉，妳在幹嘛？」

我和枯樹同時回頭，我看到阿泰學長正打量著枯樹，同時往我身邊走過來，小心的問著，「這位是？」

「朋友。」我說，結果阿泰學長表情更加驚訝。沒想到我有朋友這件事，讓人這麼意外。

枯樹率先伸出手，向阿泰學長打招呼，「你好，我是李昊天。」

阿泰學長這才回神伸出手回握，「周成泰。」

那種兩個男人王不見王的緊張氣氛沒有出現，畢竟我又不是他們的女人，當然和氣氣點頭微笑。我幫枯樹招了計程車，在他上車前，我小聲的問了一句，「你有錢坐車嗎？」回應我的是超大的關門聲。

奇怪了，問一下也不行。

枯樹走後，我準備再回辦公室。阿泰學長又問著我，「你們什麼時候認識的？沒聽妳說過他。」

我停下腳步回應，「最近認識的。」

學長的眉頭又一皺，沒有機會讓他再問我更多，我就趕緊按了電梯上樓。我不想再看到學長，只要一看見他的臉，早上和小宣的那些對話又會在我腦中出現，不能再這樣下去了。

既然知道我已經錯了這麼多年，那就不能再錯下去了。我希望自己還有救，而唯一能救我的人，就只有我自己了。

我投入工作裡，做好我的該做的事情後，便準備提早下班回家接媽媽去復診。

我和丁熒、湯湯不一樣，即使我心裡再空虛，也不會用工作麻痺我自己。過去的那些日子，我已經做了太多了來麻痺我的心，讓我幾乎除了「做」以外，就什麼也幹不了。在剛剛枯樹、湯湯、丁熒他們三人專心聊天的時候，其實我在放空，我在想著自己走錯多年的路，得要回頭。

在他們聊到哪個天王有了外遇的八卦時，我就已經決定，從現在起，再也不要多做了。

回家接到我媽之後，就到醫院複診。恢復的狀況很良好，我媽甚至連拐杖都可以不用拿，就能好好走路，臉上的腫消了，但瘀青還在，醫生告誡媽媽，即使復原得不錯，還是得要小心謹慎。我媽應好，可我還是忍不住吐槽，「我媽根本不會聽，她還打算去逛菜市場。」

醫生笑了笑，「不錯喔！還有個女兒盯著。」

我笑媽笑了笑，「對啊，我就這個女兒。」不知道為什麼，我就覺得這句話聽起來很心酸，這句話我可以自己放在心裡，但從媽媽的嘴裡說出來，即使她笑著，我卻怎麼也笑不出來。

批價拿藥後，我扶著我媽走到醫院門口，她轉頭問著我，「妳還回公司嗎？」

我搖頭，「回家陪妳。」

「工作不忙嗎？」我媽笑著繼續問。

「忙啊！但今天該做的做完了。」我回應。

媽媽一臉好奇的看著我，像是得到一個新女兒一樣，「妳也有做完的一天？晚上不去阿泰的店幫忙嗎？」

我在心裡苦笑，告訴媽，「以後都不會去了。」

媽媽嚇了好大一跳，看樣子她也需要收驚。她還是不確定的問著，「妳是不是還沒跟阿泰和好？都認識這麼久了，沒有什麼隔夜仇的吧。」

我打斷了我媽，試著向她解釋，「媽，我和阿泰學長還是朋友，但是我不能再拿著我自以為是的感情為所欲為了。其實，我無意間傷害了好多人。」

「什麼意思？」我媽不懂我的領悟，但我笑了笑，沒想要多做解釋，因為這一路走來的心路歷程，真的太長。我攔了計程車，扶著她上車，對著司機說了地址。車子動了，深怕我媽繼續追問，只好轉頭看風景。

卻看到了好久不見的玫瑰。

她正低頭走出醫院的大門，穿著打扮還是像個豪門媳婦，戴著太陽眼鏡，像巨星深怕被粉絲認出來一樣。她看起來好像瘦了，我最後一次看到她，是去年的母親節，她出現不到十分鐘，就帶著妹夫走了。把我和我媽丟在高級餐廳，吃著四個人的餐點。

接下來，就是無論我怎麼打電話要她回家看媽，她都是各種推託。她忙、她累，所以沒能回家看媽媽一眼。但一通電話總行吧？至今依然是一場空。

我看著她的身影，當她抬頭那一剎那，我看到她紅腫的嘴角，像是被人打過一樣，我心一驚，不敢置信，急著想下車，但來不及了，計程車司機已踩下油門往前開，玫瑰的身影消失在我眼前。

「怎麼啦？又有東西掉了？」我媽擔心的問我。

我這才冷靜下來，沒打算將剛剛看到的事告訴媽媽，「沒什麼，只是好像看到一個熟人，後來發現不是。」

我媽沒有再問，但我的心裡有很多疑問，一直壓抑著。回到家，我便馬上走回房間，拿起手機試著跟玫瑰聯絡，但她始終沒有接。我很希望是我認錯，可是那真的是她，我沒有眼花，視力良好，那人就是玫瑰。

那傷到底怎麼來的？我想起了現下時有所聞的家暴，我不敢相信那個斯文愛護玫瑰的妹夫會動手，到底是怎麼一回事？

這個晚上，我本來打算好好休息，看部電影，還是倒頭就睡都好。結果我什麼也做不了，連吃飯都無法專心，更何況是睡覺。玫瑰越是不回覆，我就越煩躁。

一直到晚上十一點半，我才收到玫瑰的訊息，「找我這麼急幹嘛？媽又怎麼了嗎？」我撥電話給她，但她不接，只願意跟我用文字對話。我問她為什麼出現在醫院門口？為什麼臉上有傷？過了很久，才又收到她的訊息。

但她只回我三個字，「看錯了。」就又消失了。

如果連這樣我都看不出來有問題，我就不是太單純，而是愚蠢了。我決定明天直接上門找玫瑰問清楚，然後這個晚上我都在祈禱，希望我這唯一的妹妹沒有受到任何傷害。

隔天一大早，我就站在玫瑰的婆家外，那個就算我賺再多錢也買不起一間廁所的高級住宅區。我不曉得要怎麼見到玫瑰一面，畢竟才早上六點半。我就這樣等到了九點，才鼓起勇氣和大門口的警衛說明，想找住在三號的杜玫瑰小姐。

「請問妳是？」警衛問。

「她姊姊。」我說。

「稍等一下，我幫妳通報。」警衛有禮的微笑說著，結果就這樣通報了一世紀之久，最後得到的答案是，「葉太太出國囉！」

我一臉疑惑，「什麼時候出國的？」

警衛尷尬表示，「這我不清楚喔！小姐，妳要不要直接跟葉太太聯絡？現在出國不是網路也能通嗎？」

我知道，更知道今天是見不到玫瑰了，「謝謝你，我再和她連絡。」

我轉身離開，腦海裡浮現的都是玫瑰昨天抬起那受傷的臉的畫面，我又忍不住打了電話給她，這次沒有響，而是直接轉進語言信箱。

我很慌張，很想告訴我媽，但怕她擔心；想告訴丁熒和湯湯，也怕她們擔心。把我的問題變成那麼多人都要面對的問題，我很難做到。我失神走在高級社區內，在經過另一棟高級建物時，有個人被推了出來，直接撞上了我。

我就這樣跌坐在地上，頭上傳來一陣叫罵，「你再亂闖民宅，我們就要報警了。」我抬頭看保全惡狠狠的表情，覺得莫名其妙。結果轉頭，看到那個被丟出來的人又要往裡衝。真的是有夠白目，以為自己李小龍可以一打七嗎？

我認真一看，發現那個人居然是枯樹！他臉上早已掛彩，被幾個彪形大漢抓住，感覺會被連根拔起。

我顧不得手掌傳來的刺痛感，起身往大漢那衝去，拉開他們抓住枯樹的手，大喊著，「放開他！」

然後我又再一次被推開。喔，這樣太危險，我整個人飛得好遠，再次跌坐到地上，枯樹也在這一秒意識到我的存在。看看我有多渺小，都站在他旁邊快要三分鐘了，直到現在才發現是我。

他掙開了保全的箝制，衝到我身邊，趕緊扶起我，一臉我搞不清楚狀況的表情問：「妳怎麼在這裡？妳幹嘛衝過去？」

我不懂耶，到底是誰搞不清楚狀況，冷冷的說：「給我閉嘴，不然就換我打你了。」

我直接拉走還想往羊入虎口的枯樹，把他丟在便利商店裡，出聲恐嚇他，「給我坐好，如果我回來沒看到你，你就死定了。」我看著他被打得滿臉傷，不知道為什麼火氣都上來了。他一愣，乖乖點頭，我便轉身離開，到附近的藥局買藥。

回到便利商店時，看到他還在，我鬆了一口氣。我走近，他還在發呆，眼神裡像是有好多故事，而我卻連半個都不知道。我用力的消毒他的傷口，他才回神，「妳輕一點。」他說。

我更使力，「打架怎麼都不會叫對方輕一點，被打成這樣，丟不丟臉？」他無所謂的笑了。我忍不住問：「你去那裡幹嘛？又打架！上次被抓去警局還不夠嗎？」

枯樹的眼神瞬間變得銳利，「不夠，只要那種人能得到教訓，我拿命去賠都沒關係。」

他的話，讓我的心一掉，他是多認真想要拿命跟對方輸贏，「那種人到底是誰？難道是你一直在找的人嗎？」

「不是。」然後，他又句點了。我完全搞不清楚，他要找的人不是對他很重要的人嗎？但有重要到用命去拚嗎？難道他是黑社會角頭？要找仇家，然後殺了他？

我一想完，手上的ＯＫ繃嚇得直接貼到他的眼睛上。「妳有事？」他沒好氣的撕開他眼睛上的ＯＫ繃，痛得直揉眼皮。

「你比較有事。」我冷冷的回，也不看看誰受得傷比較重。

「妳在那裡幹嘛？」他問。

「找人。」我說。

「大姊找到了？」

「是妹妹，結婚後住在那裡的妹妹。」

「妳這表情……沒見到人？」他關心的問。

我嘆口氣，忍不住說出了昨天在醫院看到玫瑰，直到早上見不到她的事。不知道為什麼，跟枯樹說讓我覺得安心，因為他口風緊，又不會廢話太多，也不會為我擔心。我不需要他給我意見，我只是想要說。

有些事，不是一定都要答案，有時候要的是一種發洩。

「不要過度猜測，等妳見到她問清楚再說。」他就是會這麼冷靜的說一些廢話，可是我們在很焦躁的時候，往往最需要的都是這種廢話，畢竟我們都會因為慌張，而忘了最基本的事。

「知道。」還用你說？嗯，我真的需要他說。畢竟除了這樣以外，我什麼也做不了。

他突然握住了我的手，我嚇了一跳，「你幹嘛？」

他看著我被柏油路擦破的手心，「妳也受傷了？」他有夠後知後覺。

我縮回手，「沒事。」

「又無所謂？」他輕斥，接著起身把我按到他剛坐的椅子上，開始幫我擦藥，很小心、很溫柔，「痛嗎？」他輕聲的問。

我搖頭，忍不住對他說：「你可以不要再打架了嗎？」這是什麼十八歲少男少女的對白？

他看了我一眼，「盡量。」

我沒有再開口，因為我相信這已經是他能做出最大的承諾，我嘆氣，再次失神。

「妳不接電話嗎？」他喚回神遊的我，才發現桌上的手機不停的在震動，螢幕顯示是阿泰學長，枯樹也看到了。

「我去買個水。」他留給我一個安靜通話的空間，我猶豫過後接起。
「妳在哪裡？」阿泰學長劈頭就問。
「外面。」
「我去接妳，今天要去看酒杯。」
阿泰學長沒來電的話，我完全忘了我跟他有約。但我不能再去了，「你去就好了。」
「為什麼？」
「沒為什麼。」
「我去接妳。」阿泰學長堅持。
我嘆了口氣，本想慢慢處理的，我和阿泰學長這糾纏了十幾年的歲月，拿掉我對他的感情，我們真的就像是家人，像是兄妹。若加上我的對他的感情，十幾年來的愛戀，更像是習慣，習慣了要愛他，習慣了要對他好。我自己決定停止這一切，正努力戒掉這些習慣，卻沒有給他時間戒掉對我的習慣。
是我的錯，一切都是我的錯。
早該離開，卻是把學長寵壞。我難過的對他說：「學長，店裡的事，我以後不會再幫忙了，做帳其實都交給會計事務所就好了，叫貨你也可以處理……」

「這麼突然，妳到底在講什麼？」學長有點火大。

我覺得無奈，「我說，我不會再管小酒館的事，鑰匙我昨天交給小宣了。」

阿泰學長緊張的問：「她跟妳說了什麼嗎？沒有我的允許，妳為什麼把鑰匙隨便交給別人？」

「她不是別人，她是你女朋友啊！」

「那又怎麼樣？只有妳才有資格拿那串鑰匙。」學長生氣的在電話那頭大吼。

我聽了卻好難過，「我有什麼資格？這麼多年來，你難道不知道我的心意？但你的眼裡從來沒有我，我用什麼身分收著那串鑰匙？我也以為，只要把那串鑰匙一直拿在手上，就能一直留在你身旁。我的確一直都在，但是你不在啊！你都在別的女人身旁啊！」

學長在電話那頭沉默了。

「學長，我們都不要再這樣下去了。」我深呼吸一口氣說著，期待他說「好」。

但學長卻直接掛了我的電話。

我很難過，是我把事情搞成這樣的，早在知道他不會愛我的時候就該放棄，或許我們早就有各自的人生。是我的倔強，我自以為是的愛，把我們都帶到了這個局面。我哭了，但眼淚還沒有掉下時，就被枯樹的手給接走。我抬頭看著他，他直接對我說了一句，「哭吧！手不夠，我還有衣服。」

然後我就不客氣的哭了，不過沒有大哭，該哭的早就在那無數深更半夜裡躲在棉被哭完了。

現在流的是懊悔的眼淚，我懂事得太晚。

枯樹輕拍著我的背，「沒事，沒事的。」他的聲音溫醇低厚，一切就好像他說的會沒事一樣。接著他突然唱起了那首童謠，「好一朵美麗的茉莉花，好一朵美麗的茉莉花，芬芳美麗滿枝椏又香又白人人誇。讓我來將妳摘下……」

我忍不住笑了出來，邊哭邊笑跟個神經病一樣。

「你唱歌好難聽。」我說。

「沒關係，妳聽了開心最重要。」在他的安撫下，我逐漸恢復平靜，然後他的T恤被我哭濕了一片，我覺得抱歉。

「沒關係，是淚水，不是口水就好。」他笑著說。

我沒好氣的瞪他一眼。「走吧！我送妳回公司。」他又說。

我點了點頭，和他一起離開便利商店，走到了附近的公車站，坐上了往公司方向的公車。我看著車窗外的風景晃過，像是我這三十幾年來無以為繼的人生。

枯樹突然在我身旁說了一句，「人生裡的所有問題，都不是能提早預防的，遇到了再解決都不晚。」我抬頭看他一眼，他已經閉上了眼睛裝睡，在說了這麼有哲理的話之後。

「你是不是害羞？」我問。

他馬上睜開眼，「才沒有。」那就是有了。

我笑出聲來，拍拍他的肩，「睡吧！孩子！」

他瞪了我一眼，我轉頭繼續看著窗外風景，但這次我看到枯樹的臉倒影在車窗上，他一臉擔心的看著我。

接著，我看到我忍不住上揚的嘴角。

回到公司，我和枯樹道了再見，他正要離開，卻被剛好跑完客戶那回來的丁熒抓上樓，想要繼續高峰會談。枯樹沒有拒絕，和我們一起上了電梯。

「不好意思喔！我們公司只有茶，因為以前的辦公室樓下就有一間全世界最好喝的咖啡店，等下個月裝潢好，有機會請你喝。」丁熒笑著說。

下個月，枯樹還會在嗎？我突然想起這件事，是不是找到人後，他就會離開台灣？他從哪裡來的我不知道，自然也不知道他會回到哪裡。想到這，為什麼我覺得胸口有點悶？

「好啊！」枯樹豪爽的回答。

我突然不悅，「做不到的事，就別隨便答應。」我生氣的推開辦公室的門，我知道自己氣得莫名其妙，但我克制不了，還沒搞清楚自己是哪裡有病，我一走進公司就看到我媽。

「媽？妳怎麼來了？」我看著她站在桌邊，桌上全是吃的，正在招呼著公司裡的同事。湯湯坐在一旁吃著滷雞腳，看到我回來，開心的揮手，「妳回來啦！快點，阿姨做了好多好吃的來給我們。」

丁熒馬上拉著枯樹往桌子靠去，向我媽介紹，「婉嬋姊，跟妳介紹一下，李昊天，我們的朋友。」

我媽先是一愣，隨即微笑點頭打招呼，「你好。」

枯樹也禮貌回應，「伯母好。」

「多虧茉莉的福，才有機會認識他。」丁熒又接著說。本來想給她一個白眼，嫌她多嘴，結果卻看到媽媽轉頭冷冷的看了我一眼。我嚇了一跳，雖然那個冷冽的眼神只有一秒，就又馬上恢復到我媽平常看著我親切和靄的表情。

是我看錯了吧！媽媽這麼好的人，怎麼可能會有那樣的眼神。

我走過去，媽笑著問我，「早上去哪啦？六點我起床就沒看見妳。」

我愣了一下，不知道怎麼該說玫瑰的事，抬頭就見枯樹也看著我，像在擔心我能不能順利過我媽這關。

沒想到我媽看見了我和枯樹的眼神交流，冷不防問：「你們一起出去嗎？」

我搖頭，「不是，半路碰上的。」我媽點了點頭，我實在不知道編什麼理由好說服她，早上六點我可以去哪裡。

媽媽反倒沒再追根究柢，對著我說：「趕緊去吃東西，我可是做了好多，來孝敬妳這個女兒的。」

「杜媽媽最棒。」「吃過杜媽媽做的菜，都不想吃別人煮的了。」「杜媽，上次妳煮的古早味紅茶好好喝，下次可以再煮嗎？」「那杜媽媽我想吃妳包的水餃！」

公司大家都很愛我媽，三不五時就送吃的來，對他們噓寒問暖。

「茉莉姊最幸福了，有這麼棒的媽媽。」

我笑了笑點頭，「那是當然！」我唯一比丁熒和湯湯幸運的，就是我有一個正常不過的媽媽。丁熒每次都在收拾她媽媽四處留情闖下的禍，而湯湯的媽媽卻是為了愛情，拋下了女兒。所以我大方的分享我媽，我媽也很愛湯湯和丁熒，她們彌補了大姊和玫瑰的位置，和我一起陪伴著媽媽。

「李先生是怎麼跟我們家茉莉認識的？」我媽問起了枯樹。他看了我一眼，我吃著雞翅偷偷搖頭示意他識相點，最好不要說出台南的事。

枯樹也明白我的意思，笑著回應我媽，「緣分。」然後全公司的人差點沒被這兩個字給嗆死。

什麼老梗？

我媽看著枯樹笑了笑，「你喜歡我們家茉莉嗎？」

何止我嚇了一跳，全公司的人再次被嚇了一跳，屏氣凝神等著枯樹回應。我覺得尷尬，急忙要我媽別再亂問：「媽！好了啦，我們只是朋友。」

然後枯樹越描越黑，「滿喜歡的啊！」

全公司一陣歡呼，丁熒和湯湯笑得曖昧，我媽則是若有所思。我火大的瞪了枯樹一眼，「你故意整我的是不是？」

枯樹偏偏又搖頭，「我只是實話實說，妳很好啊！難道不值得我喜歡嗎？」

我頓時覺得自己心律不整，如果他說的這句話是真的就好，但我知道不是。他心裡面只有他想找到的那個重要的人，我的預感如果沒有錯，那是個女人。

「你別越鬧越大。」我沒好氣的說。

他聳了聳肩繼續吃東西，我轉頭看著我媽，發現她的表情越來越凝重。我走到我媽旁邊安撫著，「媽，妳不要想太多，李昊天說的，是只對朋友的喜歡而已，別以為這麼簡單就能把我推銷出去，妳女兒……」

我媽伸出手示意我不用再繼續說下去，她臉色有點蒼白的對我說：「電鍋裡還在燉湯，我先回去看看，晚上要回家吃飯。」

我點點頭，「我扶妳下去。」

我媽搖頭，掙開了我的手，然後指著枯樹，「年輕人，你扶我下去好了。」

枯樹先是一愣，但馬上答應，對著我們說：「我送杜媽媽下樓後就先離開了，下次再來喝茶。」枯樹就這麼扶著我媽走了。

現在是怎麼一回事？我不懂。

我發現丁熒和湯湯也正看著我，她們也一臉不懂。丁熒急忙走到我身旁，笑著猜測，「婉嬋姊是不是也覺得昊天不錯？該不會在電梯裡就直接把妳許配給他了？」

我翻了個白眼，「妳們不要亂猜，他本來就不是那種很容易懂的人，不要因為他隨便講幾句就當真。」

「我倒滿希望當真的，妳和昊天這組合不錯啊！」湯湯也附和。

「妳們哪隻眼睛看到他不錯？」看起來像風一吹就倒的枯樹到底哪裡好？而且我對他根本不了解，單憑幾次見面，就斷定一個人好或不好，不是太快了嗎？

丁熒笑著說：「兩隻眼睛。上次找他來聊天，看他會認真聽人說話，這點就非常不錯了。難道妳不知道，現在有很多人連人話都聽不懂了嗎？」

我沒好氣的說：「都不曉得上次在徵信社的時候，是誰罵他罵最凶？」

丁熒乾笑兩聲，「人都會犯錯嘛，他也跟妳道歉啦！反正不管！只要不是阿泰就都很好。」

我苦笑，既然提到，我便把今天和學長的通話內容告訴了她們，原以為她們會很震驚，但她們反應卻很平常。

「我很後悔到現在才這麼做。」我說。

湯湯搖了搖頭，「不對，是妳要慶幸，到現在終於做了。」

丁熒也嘆了口氣，「茉莉啊，承認錯誤很好，但不要無限上綱，所有的事，問題都不可能只出在一個人，了解嗎？」

我點了點頭，丁熒又馬上開起玩笑，「真心覺得妳可以考慮換愛昊天。」

我直接拿了一塊米血往她嘴裡塞，「閉嘴了，拜託。」我很怕玩笑開久了就會成真，我才剛說要忘記學長，現在又馬上愛另一個人，我會覺得我水性陽花，更覺得自己當初堅持了十幾年的愛，像是自己對自己開的玩笑話一樣。

愛如果成了玩笑，那可悲的到底是愛，還是自己？

我回到位置上，拿起計算機，想好好的把帳算好，卻總是按錯數字。今天的腦容量幾乎要爆炸，不停閃過的都是消失的玫瑰，還有媽媽那一個冷酷的眼神。然後想起車窗倒影中枯樹擔心我的表情，我又忍不住想笑。

當你以為人生裡少了一件麻煩事會比較輕鬆，最後總會發現，人生裡的麻煩事是從來不會少的。

一整天，我就陷在這種錯亂的情緒裡，一張報表算了十次都沒算好。連湯湯都下班，丁熒也和雷愷去約會了，我還在趕進度。突然助理拿了支手機跑過來找我，「茉莉姊，我剛才掃地的時候，撿到了一支手機，問過公司同事都說不是他們的，會是李大哥的嗎？」

「李大哥？」哪來這個人。

「就是喜歡妳那個大哥啊！」助理天真的說著。

我被口水嗆到，乾咳了幾聲，接過手機，「我再問看看，妳忙完就快下班吧！我關門就好。」

助理點頭，便又轉身去忙，我按開了手機螢幕，桌面是個女生的背影照片。

我瞬間把螢幕按黑。

就說了吧！他明明心裡就有人了，還敢說喜歡我。占我便宜也不是這樣，害我讓大家誤會，這樣開心了嗎？我很火，真的很火，像是被欺騙感情那麼火，在我氣得站起身想把手機往垃圾桶一丟時，我才發現，「不對！不對！不對！如果我沒有喜歡他，那哪來的感情讓他欺騙？」

頓時，我跌坐回座位，感覺世界在我面前進入末日。

我深深的感到對不起我自己。

第八章／改變

我很想問，這個世界上，是不是只有我搞不懂自己？

上個月還愛阿泰學長愛得死去活來，願意為他犧牲奉獻一切，現在心裡卻偷偷溜進了另一個人，在意著另一個人，不是說不可以這樣的嗎？明明早上才說不可以這樣，現在卻成了這樣……

難道是人家說的移情作用，因為太想離開阿泰學長，所以隨便找個人來愛，把他當成救生圈？

「對！很有這個可能！」我這樣對自己說，一定是這樣，肯定是這樣，不然十幾年的愛，怎麼可能那麼快被認識不到一個月的人取代？可憐的枯樹成了阿泰學長的替身，真的很抱歉，等我真的忘了阿泰學長後，這種感覺也會消失吧！

一定是、肯定是。

戀愛零學分的我，為自己下了最棒的結論，感覺自己總算再也不是在愛裡一事無成，應該懂了一點所謂的愛情吧。這樣的理解讓我心安，我喘了好大一口氣。

忍不住又點開枯樹的手機螢幕看著那張照片，然後感嘆，為什麼這女人連背影都可以美成這樣？我急忙走去湯湯的座位旁，有一整座的大面鏡子，站在前面回頭看著自己的背影，怎麼那麼矮？腿那麼短？天啊！腰間還有點肉。

我洩氣，整個人輸很慘。

再次走回座位上，發現自己的舉動莫名其妙，「我在幹嘛？」我怎麼會這麼無聊，去跟枯樹的女人比？我真是有事！沒忘記我媽叮嚀著晚上要回家吃飯，我看了外頭天色早已暗下，我該回家了。

但枯樹的手機還在我這裡，我掙扎著，擔心他這麼散漫，倒底有沒有發現自己手機不見？如果有人急著要找他怎麼辦？還是如果徵信社找到人了，連絡不上他，錯失了機會怎麼辦？

我決定再等半小時，如果他還是沒有出現，我就回家吃飯。然後半個小時，又再半小時，直到晚上八點半，他還是沒有出現。掙扎著要不要繼續等時，想起了我媽會不會餓著肚子在等我，我便直接把手機收進包包裡。沒道理我等一個男人，讓我媽在等我。

如果真的有重要事項聯絡不到，那也是枯樹的命了，我已仁至義盡。

我正要關燈時，辦公室的門被用力推開，鋼門撞上牆壁，發出了一聲巨響。我嚇了一跳，回頭看，竟是滿臉通紅的阿泰學長，搖搖晃晃的站在那裡看著我。我擔心的走過去，都還沒有靠近，就聞到阿泰學長滿身的酒味。

「你不是應該在顧店嗎？怎麼會讓自己喝得這麼醉？」我有點生氣，小酒館是好不容經營到現在的。阿泰學長退伍後一直找不到工作，決定自己開店，小本經營，歷經差點倒閉，後來聽說有人賞識願意投資，努力做到現在，才有了穩定的客源。

但一個老闆居然在上班時間喝得爛醉。

「茉莉！茉莉！茉莉！」阿泰學長沒有回答我的問題，只是不停的喊著我的名字。

我走過去扶著站不穩的他，「我陪你下去。」

他卻馬上掙開我的手，從口袋裡拿出那串我交給小宣的鑰匙，塞到我手上，醉醺醺的說：「這是妳的！這是妳的！不要給別人。」

我不想收下，我好不容易有勇氣走到這裡，拿了就一切前功盡棄。鑰匙掉到了地上，阿泰學長朝著我大吼，「妳為什麼不拿？為什麼？妳怎麼可以說不愛我就不愛我？妳只能愛我！」

我只能愛他？

我想哭，這一瞬間我為自己感到鼻酸，我愛了十幾年的人，對我說出這樣的話，他要我只能愛他。「但你卻一直去愛別人？學長，你怎麼可以對我這麼自私？我花了多少時間和心血愛你，可是你不停帶著別的女人到我面前，你有沒有考慮過我的心情！」

阿泰學長一臉痛苦的說：「那是因為我有苦衷。」

我冷笑，「我真看不出來你哪來的苦衷，交過一個又一個女朋友，是你的苦衷嗎？」

「妳不懂！妳根本不懂！」

「我真的不懂。你到底在說什麼鬼話，你不走嗎？那我走好了。」我繞過他想要轉身離開，他卻一把抓住我，把我緊緊抱在懷裡，我在他的懷裡幾乎快要喘不過氣，

「學長，你放開我！我很不舒服……」

「那妳不要離開我，像過去一樣陪在我身邊好不好？」阿泰學長越抱越緊，我覺得我的肋骨就要斷了。這和我幻想跟阿泰學長擁抱時的甜蜜溫柔不同，我覺得自己快要斷氣，忍不住不往他的肩頭一咬，他才痛得放開了我。

我難過的看著他，「你一直換女朋友，我連一個小三都不如，至少小三還可能擁有對方的愛，我有的是什麼？我什麼都沒有！」

學長帶著酒氣朝我逼進，「誰說的，我愛妳啊！我最愛的人是妳啊！」

我還沒有反應過來，他又抱住了我，我死命的想推開他，「你根本不知道自己在說什麼，你一點都不愛我，你愛的只是一個會為你不停付出的人而已。」

「不是！不是！不是！我愛的就是杜茉莉！」學長放開了我，卻捧住我的臉，在我還沒回過神時，吻上了我。和我期待的初吻不同，學長的唇濕濕的，帶著酒精味，狠狠的壓住我的唇，甚至在我的唇上咬了一口，我痛得推開他，給了他一巴掌。

他破壞了一切，我如此珍惜的一切，我幻想美好的一切。

我無力的蹲在地上痛哭失聲，不明白為什麼阿泰學長要如此對我。聽見我的哭聲，阿泰學長這才像是清醒過來。

「茉莉。」當他試著走過來安慰我時，我感到非常害怕，這十幾年來，原來我一點都不了解學長。

就在我想大喊滾開的時候，我被人拉了起來。我嚇了一跳，仔細一看，就是我等了一整晚的枯樹，他把我拉到身後，對阿泰學長說出我本來想說的那兩個字，「滾開。」

接著，他快速的把我帶走。我發現自己的腳發軟，原來恐懼是這個樣子。直到枯樹把我帶出大樓，來到人較多的路旁時，我才覺得自己從惡夢走出來。

他擔心的看著我問：「妳沒事吧？」

一聽到這句話，我不要臉的把氣全出在他的身上，火大的對他拳打腳踢，「你是不會早點來喔！手機亂丟都不知道要找嗎？一整個下午！一整個晚上！你都沒有發現嗎？害我自己留在那裡等你！你這個王八蛋！」

我打到手痛，但害怕讓我忘記了痛，想到剛剛那混亂的局面，如果他沒來，我真的不知道要怎麼結束。枯樹抓不住我，只好直接抱住我，拍著我的背說：「好啦！好啦！都是我的錯，妳冷靜一點，拜託。」

我在他的懷抱中緩緩穩定情緒，直到發現自己被抱得太久，才尷尬的推開他，從包包裡拿出手機，塞到他手上，然後轉身就走。

他急忙跟了上來，「妳幹嘛突然走掉？」

我回頭瞪著他，用著我哭紅的雙眼，「難道要讓你一直抱，吃我豆腐嗎？你好意思抱別的女人嗎？」喔，我又想到了那個螢幕桌面。

「妳有事喔！」他被我陰晴不定的樣子搞瘋。

我沒好氣的回，「對，我超有事！」接著快步走人。

「等一下啦！妳走這麼快幹嘛？我送妳回去。」他在後面追著，然後跟我上了同一部公車。車上人很多，沒有位置，他突然牽著我的手往後面走，把我安置在某個角落，隔離了人群。

這距離太過接近，我幾乎不能思考，「你一定要站這麼近嗎？我快要不能呼吸了。」是真的。

他努力往後退了一步，卻馬上被上車的人潮推擠，這次是整個人貼在了我身上，他繼續努力想騰出一點空間，但看見他身後每個動彈不得的人，我也不能再強求他了，「算了，人太多，你別動了，反正我家很快就到了。」我說，他也只好放棄。

身體貼近的距離實在太過尷尬，我忍不住臉紅。抬頭偷瞄，他臉也紅了，我這才有一種公平的感覺。他突然說：「對不起。」

我一愣，疑惑的看著他，他才繼續說：「我應該早一點到的。」

我這才意識到，他該不會是把我剛才的氣話當真吧，「你不要想太多，是我失控了，把氣出到你身上，口不擇言，根本不干你的事。」

他笑了笑，「我知道啊！但我還是想道歉，妳手機給我。」

「現在？」在這個連呼吸都很困難的空間，他居然要我做這麼高難度的動作。看他堅定的眼神，我只好妥協，還好我手機沒收在包裡，是在口袋裡。我把手機遞給他，見他按了幾下後，他身上自己的手機響了，才把我的手機還給我。

「有需要在我們兩個很有可能下一秒就被擠死的時候，知道我的手機號碼嗎？」我沒好氣的說。

他笑了笑，「我怕下一次又忘記了。」

這站下去了很多人，我和枯樹這才恢復到正常的距離。結果下一秒，司機突然踩了油門，我又整個人往他的懷中倒去。他伸手抱住了我，我想要掙開站好，他卻突然在我頭頂上說：「別動了！這樣就好了。」我居然聽話的沒再掙扎。

一直到下了車前，我都是在他懷裡。

本以為到站就要分別的，他竟堅持陪我走到家門口。一路上，想起他看到我在愛了這麼多年的人面前如此狼狽，我忍不住問：「你是不是覺得我很可笑？」

他不明白的看著我。我苦笑著說：「我曾經那麼喜歡學長，結果現在我們卻成了這個樣子。」

他突然拉住我，對我說：「那妳會覺得我很可笑嗎？」換我不明白的看著他。他笑著說：「我曾經那麼白那麼帥，結果現在成了這個樣子。」

他的比喻讓我忍不住大笑出聲，「我在跟你說認真的。」

「我也是認真的。誰曉得下一秒會怎樣？」我從他的表情，感受到他的認真。「誰有資格去笑一個曾經這麼努力去愛的人？茉莉，如果連妳都覺得自己的愛沒有價值，那妳的愛就真的一文不值了。」

我聽著他的話笑了出來，他也笑了出來。我們看著彼此笑著，因為他說的這句話，我突然覺得自己是個很棒的人。

「謝謝你陪我走回家，你也快點回去吧！」

他點了點頭，為我撥好亂飛的劉海，「今天風有點大，趕快進去。」換我點頭，轉身進門。現在每走一步，都讓我更想往明天走，一切會越來越好的吧。

一定會。

我帶著被安慰過後的心情回到家，媽媽正坐在客廳的沙發上，沒開電視也沒有用iPad看劇，她抬頭看我，「為什麼這麼晚？」

我愣住了，沒打算說阿泰學長的事，笑著說：「就加班啊！」

我媽這時卻突然用著很陌生的眼神看我，冷哼了一聲，「真的是加班？」

我對媽媽這樣的表情感到非常的陌生，「對啊！不然我還能去哪裡？」

媽媽突然失控的說：「妳撒謊！妳明明就是跟那個李什麼的出去！我剛在陽台都看到了！」

我嚇了一跳，沒有想到媽媽會站在陽台等我。「媽，妳幹嘛這麼激動，他手機掉在我們公司，他回去拿，順道送我回來而已。」我解釋著。看著我媽的樣子，我想起了兩個小時前阿泰學長的失控，都讓我頭皮發麻。

「我不喜歡這個人，妳別再和他聯絡。」我媽生氣的說。

「為什麼？」我不懂，他們不過就是下午見過一次面，媽媽就直接斷然不喜歡枯樹？這讓我無法理解，更何況我媽從來不會不喜歡我身旁的誰，怎麼會這麼突然？

「沒有為什麼，我就是不准妳和他來往。」我媽越來越激動。

我趕緊安撫，也想為枯樹說話，「媽，昊天人很好，妳看丁熒和湯湯也很喜歡他，如果他不小心做錯什麼，他一定不是故意的，妳不要……」

「妳不是跟他睡了一晚嗎？還想騙我！去台南認識的不是嗎？居然敢騙我，妳是不是活得不耐煩了？」我媽指著我破口大罵，那個慈祥的媽媽，現在成了暴怒的虎姑婆，難道我的惡夢還沒有醒？

「妳聽誰說的？」丁熒和湯湯是不可能說的，我更相信枯樹不會講。

「我自己聽到的，妳別想給我狡辯！」

我想起了我媽出事那晚，我和丁熒、湯湯三人在病房裡，吃了很多、聊得很開心的那晚。那時我說出枯樹的事，但我媽受傷了，累得昏睡過去了不是嗎？那她怎麼會聽到？她又怎麼能夠偷偷聽著而沒有任何反應，什麼也沒有問，直到這一秒才說出來？

媽是怎麼忍的？這段時間，她是怎麼看待我的？

一想到這，我全身不舒服，我不相信媽媽會這樣，「媽，我們什麼都沒有發生，真的只是朋友……」

媽媽根本不想聽我解釋，打斷了我，「我說了不要跟這種人當朋友，看他那樣子，就知道窮小子一個，肯定是看妳有自己的事業，故意來勾引妳的。不准和他再有來往，有沒有聽到？」

她說著說著，氣到咳了起來。我擔心她的身體，急忙安撫，「媽，妳不要這麼激動，妳和昊天是不是有什麼誤會？」

「沒有誤會，我就是討厭他！你看他害妳沒回來陪我吃飯！」

我轉頭望著滿桌子菜，看到牆上時鐘已經晚上十點多，想到媽媽等我等到沒有吃飯，我也心裡很愧疚，「媽，真的不是因為他的關係。好，我現在陪妳吃飯，我們一起吃飯好不好？」

我走過去想扶我媽，沒想到她竟不管自己的腳傷，大步走向餐桌，將所有的菜全都倒進了洗碗槽。我看著破碎的碗盤和動也沒動過的菜餚愣住，不曉得今天這場戰爭到底怎麼發生的。重點是，我媽從不是個會發動戰爭的人，她是我最讓人羨慕的好媽媽啊！

媽媽瞪了我一眼後，就回到自己房間。門被用力關上的那一刻，我才回神，慶幸自己從槍林彈雨裡保住了一條生命。

今天晚上到底是怎麼了，是水逆嗎？是整個太平洋的水都倒到了我身上嗎？在我生命裡佔據了這麼多時光的兩個人，竟在一個晚上同時變得如此陌生，好像我從未認識過他們一樣。

我又難過又無奈的收拾殘局，不時望著我媽的房門，期待她會像過去一樣笑著走出來，回到原本那個讓我深愛的媽媽。只是，緊鎖的房門，再也沒有打開了。

我進房間，仍思索著我媽不喜歡枯樹的原因。想起了下午在公司時，她要枯樹送她下樓，難道是那時候兩人有了誤會？這一秒，我非常感謝枯樹在那個艱苦的時刻跟我要了我手機號碼，我撥了電話給他。

「有事？」他一接起來便問，當然是有事才打。

我小心翼翼問著，「下午你送我媽下樓時，說了什麼嗎？」

「怎麼了嗎？」他反問我。

「沒什麼，只是好奇。」我回。

他在電話那頭沉默了一下後說：「她只有一直稱讚她女兒有多棒。」

「那你是不是反駁她？」說自己女兒好話，不是每個媽媽的天性嗎？這沒有什麼好大驚小怪的，我媽會生氣應該就是他會白目的說：「會嗎？我覺得還好。」之類的。

他卻說：「沒有啊！我說對啊，我知道。」他回應得這麼得體，那我媽有什麼好不開心的？「發生什麼事了嗎？」他語氣聽起來有點擔心。

「沒事，你早點休息吧！晚安。」

「妳也早點睡，晚安。」

掛掉電話後，我坐在床上發呆了好久，想著到底為什麼會變成這樣，然後，我想到睡著了，還是什麼答案也沒有。

隔天一早，我醒來，昨晚爭吵的一切，還在我腦海中揮之不去。我不安的打開房門，害怕會不會一早又腥風血雨。小心的走到客廳，看到媽媽正從廚房裡端了蛋餅出來，像過去一樣笑著對我說：「妳今天怎麼那麼早？吃完早餐好上班啦！」

我一愣，看媽媽的表情好像昨晚什麼都沒有發生過一樣。除了我媽可能有雙重人格外，我真的很難解釋昨晚她為什麼會像變了一個人。我緩緩坐下，看著她為我倒牛奶、拿餐具，問我今天晚餐想吃什麼。這些和過去一樣再也普通不過的對話，我卻感到有點心慌。

「幹嘛不吃？這麼大了，妳不會還要媽餵妳吧？」我媽居然還跟我開玩笑？她昨天才問我是不是活得不耐煩而已啊！難道是我昨天被阿泰學長嚇過頭了，回家出現我媽暴衝的幻覺？

我想知道到底是我卡到陰，還是我媽卡到，鼓起勇氣問著，「媽，昨天晚上……」

媽媽笑著打斷我，「喔，昨天晚上是我太激動了啦！媽就只有妳這個女兒，媽怕妳被騙，反應有點過度，再加上身體不是很舒服，才會突然情緒失控。放心，媽以後不會了，昨天是不是嚇到了？」

是。

但我沒有這麼說，我笑了笑搖頭，「妳沒事就好，我比較怕妳生我的氣。」

我媽伸手握住我的手，「媽怎麼會生妳的氣，媽希望妳幸福。答應媽，不要太快認為自己了解一個人。就算是朋友，也要保護自己好嗎？」

我點點頭，不敢問我媽為什麼她的手這麼涼。

沒事就好，家和萬事興，我打算忘了昨晚的事。就算我媽對我生氣，也沒有關係，我是她的女兒，無論她怎麼對我，我都不能對她生氣，產生懷疑。她是愛我的，無論她情緒如何不穩，那都是因為擔心我。

這頓早餐，我吃得消化不良，整理了一下，我便出門，想要轉換心情。我沒有先去公司，而是去了正在整修的舊辦公室。路上，我想到了另一個原因，一定是搬家的關係，搬家時辰跟我犯沖，我才會最近這麼倒楣。

我想念阿紫奶奶，我想念培秀姊，我想念阿紫奶奶絡繹不絕的紅娘聯誼所生意，我想念混在一樓培秀姊咖啡店內那些三姑六婆的八卦，我想念銀河大樓風一吹就會落在身上的鐵窗碎屑，我想念銀河大樓輕輕一碰就會搖晃的樓梯把手，我懷念銀河大樓的一切。

一回到銀河大樓，我便上三樓去察看還在整修的辦公室，問師傅明天可不可以搬回來了？師傅差點沒嚇死，「杜小姐，明明說好下個月五號才交的，妳明天要搬進來？我又不是哆拉A夢。」

我笑了笑，為自己的無理取鬧感到抱歉。

拜託師傅多費心一點後，我走下樓。二樓聯誼所的門緊閉，連阿紫奶奶今天都不在。我只好再走到一樓，培秀姊的咖啡店已經開門，我有一種得到救贖的感覺。聞著培秀姊店裡的咖啡香味，忍不住想起了大姊。

我拿出手機和張懷生的名片，撥了電話出去，問了尋找大姊的進度。「目前正在過濾名單，應該晚一點會有結果。」

我驚呼，「真的嗎？辛苦你們了，我什麼資料都沒能給你。」

「有越多資料當然越好找，但資料有限，就是考驗我們的功力和專業。杜小姐，我們不會讓妳失望的。」張懷生的語氣聽起來很有自信。

「謝謝！」我想起了另一個也在苦尋的人，「那昊天那邊的進度？」

張懷生在電話那頭一愣，「抱歉，其他客戶的訊息，我們沒有辦法透露。」我這才驚覺自己的失禮，「沒有、沒有！是我的錯，不好意思造成你們困擾。」

「別這麼說，朋友間相互關心很正常，像昊天也會問妳的進度，但就算我們是好朋友，還是不能說。」我訝異枯樹會關心我找大姊的事，張懷生說著，「那天看你們吵得這麼凶，私下還是很關心對方啊！」

被虧了。

我尷尬地笑了笑，「那就等你消息。」

結束通話，我就聽到培秀姊好聽的聲音喚著我的名字，「茉莉！」

我回頭看到她溫暖的微笑，忍不住向前擁抱了她，「培秀姊，我好想妳。」

培秀姊也笑了，「我才想妳們，妳們一不在，整棟大樓好像都沒有人一樣。」

「就知道妳會想我。」我開心的說。

培秀姊放開我，看了我一眼，「怎麼覺得妳瘦了一圈，眼睛還腫腫的，工作太累了嗎？還是阿泰……」

我笑著搖搖頭，「沒事，我故意減肥。」

培秀姊皺眉，「減什麼肥啊！坐，我去煮杯安神茶給妳。」我點點頭，看著培秀姊走進吧檯，認真的煮茶，轉身幫我挑了好看的茶杯組，我羨慕培秀姊也有好看的背影。

培秀姊很熟練的煮好茶，再為了我拿了些手工餅乾，坐到我的旁邊，「樓上什麼時候整修好？」她關心的問著。

「下個月初。不好意思，做工程是不是很吵？」我媽那時就說我一定要買個禮盒、包個紅包給培秀姊和阿紫奶奶，跟她們說聲這陣子會打擾她們，請她們多包涵。結果我去了台南，回來後什麼也忘了做，然後我媽也不一樣了。

「客氣什麼，而且我在一樓，根本不覺得吵。」培秀姊說完又突然起身，走到櫃檯拿了一袋東西給我，「這是丁熒要的咖啡粉，我幫她磨了一些，省得她為了一杯咖啡，不時要往這裡跑。」

我笑著接下，「她就算不為了咖啡，也很愛亂跑！」說完，我和培秀姊很有默契的笑了。

突然我聞到有東西在燃燒的味道。一回頭，就看到阿紫奶奶在我身旁燒符咒。我嚇了一跳，想要起身離開，阿紫奶奶卻抓著我狂唸咒語，拿起一旁的水杯喝了一口後就往空中噴，我的身上都是水和她的口水，一身狼狽。

阿紫奶奶完成了儀式，緩緩從她身上拿下一個平安符為我戴上，「茉莉啊！妳最近嚇很大喔！」

我沒好氣的看著阿紫奶奶，「被妳嚇最大啦！」

阿紫奶奶笑了笑，我看著她今天的穿著，更是忍不住倒退一步。前陣子冰雪奇緣正紅時，四處都可以看到小孩子穿著 Elsa 的裝扮，水藍色加白色的雪紡紗，肩上還有塊雪紡披肩。阿紫奶奶今天就是這樣的造型，只是藍色換成紫色。

我不舒服，「阿紫奶奶，誰說妳可以當 Elsa？」

阿紫奶奶一臉無所謂，「好笑了，我開心當誰就當誰，誰管得著？」在阿紫奶奶面前，誰都不准說他很做自己，全世界只有阿紫奶奶最做自己。她接著一臉嚴肅的說：「茉莉，聽阿紫奶奶的話，最近要小心，往外走最好，看妳要不要請個長假去哪裡玩一下，明年再回來。」

我忍不住大笑，「阿紫奶奶，妳知道今年還很長嗎？」去一趟台南回來都要天崩地裂了，我再出去回來，我的世界不知道會變成怎樣，「我只希望快點搬回來，回來這裡就有妳罩我了啊！」阿紫奶奶都說自己是仙女，天上下來的，有神仙罩我，還需要怕什麼。

阿紫奶奶臉不紅氣不喘，「這倒也是！妳們趕快搬回來啦，我快無聊死了。」

「那搬回來，水電費可以減免嗎？」阿紫奶奶是銀河大樓的守護神，也是我們的房東。她一聽，馬上拉下臉，「妳真好意思說，妳們公司賺那麼多錢，我也沒跟妳們收房租，就收個水電費意思一下，妳也要坑我，妳這個財務總監很會算耶。」

「當然要會算，有多少人靠我們吃穿啊！」我就這樣跟阿紫奶奶鬥嘴，鬥到心甘情願才肯回公司，這可是我減壓的方式，我最近多需要發洩啊！

和她們一起吃完了午餐，我才依依不捨的帶著咖啡和一堆阿紫奶奶的廢話離開。

回到公司，已經下午了，丁熒和湯湯兩人本來坐在位置上工作，她們抬頭看見我來，同時起身著急的走向我。我被她們的氣勢嚇得不知所措，馬上自暴自棄的說：「對，我去摸魚！早上都在培秀姊店裡和阿紫奶奶聊八卦！」

但她們根本沒有聽我誠實的說了什麼，只是著急的同時開口問：「為什麼阿泰的店暫停營業？」

這更是嚇了我一大跳。我急忙往外走，連電梯都不願意多等，直接衝安全梯下樓，丁棼和湯湯也跟著我。

我氣喘吁吁的跑到阿泰學長的店門口，上面的確掛了塊告示牌寫著「無限期暫停營業」。我不敢相信，阿泰學長居然就這樣結束他的心血。我難過的撥了電話給他，想問他到底在搞什麼鬼，結果一直是轉進語音信箱。

我重重嘆了口氣，看著緊閉的店門，這間店我也是有感情的，怎麼可以就這麼突然的結束。我紅了眼眶，急得想哭，丁棼和湯湯連忙安撫著我。但很多時候是很難被安慰的，我還是流下了眼淚，哭哭啼啼說著昨晚在公司發生的事，抓著丁棼和湯湯問：「是我害的嗎？是我嗎？」

她們擦去我臉上的眼淚，「不是！夠了，茉莉，不要再把任何的錯攬到身上，這是阿泰自己的決定，不准妳怪自己。」

可是怎麼辦？怎麼辦啊？為什麼事情變得一發不可收拾？

我被丁棼和湯湯帶回公司冷靜情緒。我坐在位置上發呆，想著過去這十幾年來，我和阿泰學長共同經歷的日子，不到一個月的時間，就像是翻臉不認人一樣，看不清阿泰學長的樣子，也看不清自己的樣子。

我害怕這些天翻地覆是我的改變造成的，我是不是不應該改變？我是不是該繼續好好愛著阿泰學長，那麼這一切都不會發生。他怎麼可以這麼不負責任的丟下這一切，讓我承擔這些罪惡感。

我呼吸困難。

在我沉浸在自我厭惡的世界時，丁熒幫我接起震動了很久的電話，小心的問著我，「茉莉，懷生說需要妳現在過去一趟，妳方便嗎？」

我的精神瞬間恢復過來。接過電話，聽見張懷生告訴我，已經有了可能會是大姊的名單。我忍住激動的心情，穩住差一點就掉下的手機，強裝冷靜的說：「我馬上過去。」

搞砸了一件，可不能再搞砸另一件。丁熒已經準備好鑰匙要送我過去，於是我們三個人很快就到了徵信社。沒想到進門就發現枯樹也在，看到我的臉第一句話便是，「妳表情怎麼怪怪的？」

我沒有辦法回應他，但我知道我的代言人丁熒或湯湯，會為他解惑。我走向張懷生，他要帶我到ＶＩＰ室，我對他說：「不用，在外頭直接說就好。」

他擔心的看著我身後的那幾個人，「他們都是我很重要的人，可以聽的。」我一眼望去有丁熒、湯湯，還有枯樹。

我們被帶到一旁的會議桌，我緊張的等著，一分鐘後，張懷生拿了一張資料從他辦公室走了出來，坐到我面前說著，「這是我們最終按照杜香蘭的生日、生活經歷、相關背景和過去生活地點所過濾出來的名單。按照妳之前的條件，不要打草驚蛇，所以我們以最不著痕跡調查的方式，縮小範圍後，我們有九成的把握，杜香蘭小姐人正在屏東，這是她的相關資料。」

他將紙遞到我面前，我顫抖的接過，看著上頭的資料照片，大姊穿著簡便的農家裝扮，被曬黑的膚色，笑起來更顯牙齒白，胖了壯了更蒼老了，那個學生時期有一卡車男學生追求的大姊像是被風化了一般。

我心一揪，大姊離家出走，就是要過這種生活嗎？

我收起資料，感謝過張懷生後，便快速離開。我腳步匆忙，不知道自己在急什麼，也不知道接下來我要幹嘛，我只知道自己該離開，去做一些事。在我根本不知道自己闖了紅燈等著要去送死時，我聽到丁熒和湯湯的尖叫聲，然後我被枯樹從班馬線上撈了回來。

「想死可以不要拖別人下水嗎？」他火大的說。

我這才鎮定下來，緩緩的說：「我要去找大姊，我現在就要去。」我想離開這個讓我窒息的空氣。

枯樹馬上開口對我說：「我跟妳去！」

我看著他，「不用，我要自己去。」

「妳可以自己去，我也會跟在妳後面自己去。」他下定了決心。

丁熒和湯湯急忙跟著勸我，「讓昊天跟妳一起吧，妳現在整個人這麼慌亂，自己行動多危險？」

「而且現在已經傍晚了，真的讓妳到屏東可能都半夜了吧。妳覺得我們會放心嗎？妳不讓昊天陪，那我們兩個陪妳去。」

「妳們去了，公司就沒人了。」我才剛搞砸一間店，怎麼可以再搞砸一間公司？都不確定這次要去多久。

「所以讓昊天跟著妳。」丁熒堅持。

我只能妥協。枯樹轉頭問我，「需不需要回去整理行李？」

我思索了一下，點了點頭。

枯樹陪我回家，我要他在樓下等，便自己回到了家中。一開門，我媽正煮著晚餐，見我回來，一臉驚喜，「今天比較早喔！媽快煮好了，馬上可以開飯了。」

我沒有回應我媽，我其實一點都不需要整理什麼行李，我只想拿那張我們最後剩下來的合照。不是手機裡一個被修補後的影像，是真真實實帶著點厚度，帶著輕微重量，顏色泛黃、表面斑駁的照片。

那才是真的。

我從房間書櫃的最裡層翻出那張照片後，塞到口袋，再一次走出房門口。我媽見我又像是要出去，好奇的問：「不吃飯嗎？要去哪？」

我急急忙忙的說：「我出去一下，晚點回來。」

我說完就要往外衝，媽媽卻伸手抓住我，「妳告訴我，妳要去哪裡？」她的表情又變得嚴肅。

我想起昨晚那不愉快的感覺又朝我襲來，我小心翼翼說著，「只是和朋友出去一下。」

媽媽突然又情緒失控，伸手直接推了我一把，「妳是不是又要去找那個男人？他到底給妳吃了什麼迷藥，讓妳變得這麼不聽話？」我真的不懂我媽為什麼會介意枯樹到這種程度，讓她可以氣到推倒女兒。

我難過的站起身，「從小到大，我最聽的不就是妳的話了嗎？變的人是妳不是我！為什麼突然干涉起我的交友？為什麼突然變得這麼情緒化？媽！妳到底怎麼了？妳這樣讓我很害怕。」

我媽惡狠狠的看著我，「妳是我的女兒，本來就該聽我的話，今天不准出去！」愛了媽媽三十三年，這是第一次，我和她起了這麼大的爭執，也是第一次，我對她的行為感到失望。

「我要出去。」我轉身離開，媽媽居然往我身上撲想要制止，對我又拖又拉，扯壞了丁熒送我的包包。不管我的手有多痛，甚至伸手想脫掉我的衣服，好讓我沒有辦法出門。我害怕自己如果還手，她會受傷，她一次又一次死命的進攻，讓我紅了眼眶。

我忍不住懷疑，我媽真的愛我嗎？

在拉扯之際，那張照片從我的口袋裡掉出來。媽媽發現，停止了對我的進攻，撿起來看過，表情一驚，轉頭問我，「為什麼妳還有這張照片？」

我滿身狼狽，身上有好多地方出現了小小的傷口，都在隱隱作痛。我哽咽的說：「這張照片還在，讓妳這麼驚訝嗎？我們家有我們三個姊妹的合照，不是很正常嗎？」

「妳拿這張照片要幹嘛？」我媽瞪著我問。

「我要去找大姊，我找到大姊了！」我哭著說，伸手搶回照片，原本以為我媽找到自己離家多年的女兒會高興，但她沒有！她再次搶走照片，隨手一撕，照片成了碎片。

我不敢相信我媽居然會這麼做，再也受不了的對著她大吼，「媽！妳瘋了嗎？」對，她瘋了，我媽真的瘋了，她居然呼了我一巴掌，「誰准妳去找她？不准去找那個臭婊子！」我對我媽的歇斯底里徹底絕望，她竟這樣說自己的女兒？我甚至開始懷疑，大姊的離家出走，就是我媽逼的。

畢竟連我，連一個這麼愛我媽的我，此時此刻，都不想再看到我媽了。

我不想再和她多說一句，我還手了，用力推開了她。媽媽瞬間跌坐在沙發上，我拿著壞掉的包包加快腳步離開。在我開門時，客廳茶几上我從日本買回來送她的小鹿檯燈，從我耳旁呼嘯而過，砸在了門上，碎片落在地上。

我回頭看著像是要殺了我的媽媽。我的耳朵有點痛，但沒有我的心痛，我哭著跑了下樓，拉著等在門口的枯樹就跑。

我想逃，逃出這讓我陌生的一切，還有陌生的媽媽。

變了，什麼都變了。

第九章／真相

害怕我媽在後面追趕，我失控的往前衝。枯樹被我拉著，不停的在我的身後喊我的名字，「茉莉！發生什麼事了？茉莉！妳別跑了，妳要跌倒了……茉莉！」

但我根本聽不進去，我如果不跑，我媽就追上來了。我頭也不回的繼續往前衝，就在我不小心踩了個空，要跌倒的那一瞬間，我被枯樹抓了回來。

「妳看看妳！」他擔心的斥責。

我抬頭，看不清楚他的臉，因為眼淚從沒有停過。他拉起T恤為我擦去眼淚，我看到他著急的表情，我看到讓我安心的一張臉，我把臉埋進他的胸前，痛哭失聲。

他什麼也沒有說，只是抱住我，拍著我的背，又唱起了歌，「好一朵美麗的茉莉花，好一朵美麗的茉莉花，芬芳美麗滿枝椏，又香又白人人誇。讓我來將妳摘下……」不停的重複唱著，只是從不唱出最後一句。

我一直哭，但我其實不想再哭，哭真的是最沒用的一件事，可是眼淚就是掉個沒完。

但，我也相信，淚水會乾。

我幾乎快把身上的水分都哭乾，就算再想哭，眼淚也擠不出來了。我被枯樹帶到安靜的角落，「妳休息一下。」他說。

我就這樣坐著，這幾天發生的事，又在我腦子裡重新上演過一遍。

像是推理劇一樣，我想找出到底是從哪裡開始出了問題，但我找不到。一切來得這麼突然，當自己信任、深愛的人，換了另一個模樣出現，我開始懷疑，過去的那些日子，難道是假的嗎？

他們的另一個模樣，為何我一直沒有發現？會不會有一天，所有的人，都在我的面前變了另一個樣子，丁熒不再是丁熒，湯湯不再是湯湯，枯樹也不再是枯樹，那我該怎麼辦？

可我還是原來的杜茉莉啊！我無計可施、我無可奈何。

枯樹拿了杯熱茶放在我的手心，「妳再坐一下，我去買個東西。」

「你是李昊天嗎？」我抬起頭看他，抓了他的衣角。

他愣了一下，然後點頭，「不然我是阮經天嗎？」

我笑不出來，「那你會不會有一天就不再是李昊天了？」

「那妳有沒有可能有一天不再是杜茉莉？」他反問我。

我緩緩搖頭，他嘆了口氣說：「妳要記得一件事，我們永遠都不可能真的看清一個人，我們也不需要花力氣去看清一個人，妳只要學會分辨這個人會不會傷害妳就好。」他說完，摸了摸我的頭，轉身離去。

我無力的癱在椅子上，看著自己手上剛被媽抓出來的瘀青，被指甲劃破的傷口。我伸手摸上剛剛覺得痛的耳朵，摸到了濕稠的液體。是血，我媽讓我流血了。瞬間想起了她殺紅了眼的樣子。

我起雞皮疙瘩，如果我多留個十分鐘，會變成怎樣？我不敢想，也逼自己不要去想，我到現在還是不想討厭媽媽，我怎麼能夠恨她？她是這麼辛苦養大我的媽媽，過去那麼疼愛我的媽媽，只是她為什麼突然變了？

突然，我耳朵上的傷口傳來了刺痛。我轉過頭，枯樹正拿著棉花棒和藥，想為我消毒傷口，我低下頭，讓他方便為我上藥。

「痛要說喔！」他說。我苦笑，說了有什麼用？還不是只有自己感覺到痛。

他細心的為我上藥，包括手上的抓痕。看著傷痕累累的我，他一句話也沒問。

「你為什麼沒問我是怎麼受傷的？」

他看了我一眼，接著開口，「妳怎麼受傷的？」

「不想說。」我說。

「所以我才不想問啊。」他斜眼瞪了我一下。

「我媽。」我打斷了他，他表情很平靜的點點頭，我又問：「你為什麼不驚訝？」

他停頓幾秒，若有所思的看了我一眼，「有猜到。」

我看著他問：「你被你媽打過嗎？」

他點點頭，「小時候常被揍。」

「可是我沒有，這是第一次。」我說。

他看著我欲言又止，收回了他原本想說的話，說了一句，「什麼事都會有第一次。」我沒有逼問他原本想說什麼，因為我沒有力氣。我繼續癱著，任由消毒水味道幾乎佈滿我的全身。

然後枯樹又消失了，我不知道他在忙什麼。但我哭過了、坐夠了、心情平復了一些，我才驚覺，我完全忘了最重要的事，我還得去屏東一趟。我從包包拿出手機一看，竟已午夜十二點多。

我急著想去坐車，枯樹卻不見人影，本想直接丟包他，他卻氣喘吁吁跑到我的面前。我著急的唸著他，「你去哪啦？都十二點了，還要買車票，都還沒有查車次……」

我話說到一半，就見他拿出兩張客運票，「我已經買好了，走吧！」他順手牽羊，牽了我走，我也沒有放手。

我們先攔計程車搭到轉運站，再搭客運直達屏東。一上車，枯樹就對我說：「妳睡一下，車程很花時間，我google了一下地址，到屏東林口後還得再轉車。」

我看他拿著張懷生給我的大姊資料認真的研究，邊用手機查詢，我不自覺的開口，「謝謝你。」

他面無表情地說：「眼睛閉上，睡一下。」

我搖頭，「我睡不著。」但其實我是害怕閉上眼，進入黑暗，又會想起我媽。

枯樹看了看我，把資料收起來，伸手將我的頭壓在他肩上，讓我好好枕著，又開始唱起那首歌，「好一朵美麗的茉莉花，好一朵美麗的茉莉花，芬芳美麗滿枝椏，又香又白人人誇。讓我來將妳摘下……」

他不斷重複，我覺得好笑，但我笑不出來，可是心情好多了。我忍不住問：「你為什麼不唱最後一句？」

他一愣，「我不喜歡最後一句。眼睛閉上，不要怕，有我在。好一朵美麗的茉莉花，好一朵美麗的茉莉花……」我很聽話的閉上眼，想著最後那句歌詞是「讓我來將妳摘下，送給別人家」。

他不喜歡這句嗎？

我微微的笑了，也沒有力氣再多想再多笑。我高估了自己的體力，很快就在枯樹的肩上睡著了。

一路睡到屏東，而身背找人重任的我，卻跟遊客差不多，被導遊枯樹叫醒。我還一臉恍惚，車窗外已是白天。他帶著我下車，我全身痠痛，像是小時候運動會隔天全身痠痛一樣。

「OK嗎？」他問。我點了點頭，用力的踏著每一步，幸好沒有走多久，就又能坐上屏東客運。他對我說：「差不多四十分就會到泰武了。」

我又忍不住向他說了，「謝謝。」

他看了我一眼，問我，「緊張嗎？」我伸出我的手覆在他的手上，他驚嘆，「怎麼那麼冰？」

「因為緊張。」我苦笑，畢竟相伴這麼多年的人都變了，一個離開我這麼多年的又怎麼可能不會變？

大姊還記得我嗎？她會想見我嗎？原本是為了讓我媽不感到孤單，所以才想找大姊的，但現在是我自己想找到大姊，我想知道她為什麼不留在我們身邊？為什麼要離開？前提是，她還願意認我這個妹妹。

我縮回手，卻又被枯樹拉住，他用他的大手，整個包住了我的手。我有點不好意思的想掙開。

「別動。」他卻這麼說。我很乖的沒動，感受他手心傳來的溫度，內心的某個角落有個聲音喊著，希望他別放開。

只是，下車還是得放開。

等我真的踏上大姊生活的地方，已經是早上八點多了。折騰了一整夜，我看著枯樹的下巴冒出鬍渣，換我問他，「累嗎？」

他笑了笑，用帶著鬍渣有點性感的表情說：「累死了。」

看他這麼坦白，我也忍不住笑了，他看到我笑，露出安心的眼神，「走吧！妳很快就要看到大姊了。」

我點點頭，枯樹開始找著上頭的地址，我們從大馬路，走進了鄉間小路，走進了綠野農田，穿越了小樹林。不懂大姊為什麼要住得這麼偏遠，遠得像另一個世界。

枯樹拿著地址詢問嚼檳榔經過的一位伯伯，伯伯很酷沒有回答，就指著前方。

「在那邊嗎？」枯樹問，伯伯還是沒有回，仍指著同一個方向，可是伯伯，你指的地方沒有房子啊！

我們只好作罷，繼續走著，往伯伯說的方向走。走上了一片山坡，穿過了一片矮林，我好奇的看著種植一整片的矮林，上頭一顆顆結實的小紅果，疑惑的問：「屏東也種櫻桃嗎？」

枯樹回頭，驚訝我的無知，「那是咖啡樹。」我馬上閉嘴，低下頭繼續往前走，果然話多說多錯。

「好像到了。」枯樹突然這麼說。我訝異的抬頭，看見前方有間用鐵皮搭建的小平房，我的心跳像頓時停住了，我動彈不得。

枯樹把我往前再推了一點，平房前有兩個小孩玩到一半，發現有人，停了下來。我和他們對看了一眼，下一秒他們衝了進去，大聲喊著，「媽媽，媽媽！有客人。」

我不安的回頭看著枯樹，他給了我一個史上最帥的微笑，給了我最大的鼓勵。我轉身繼續往平房走去，接著就看到小孩一人一邊，牽著媽媽的手走了出來，那位媽媽原本微笑的臉看到我之後，瞬間說不出話來，我想大姊還認得我吧！

「茉莉啊……」大姊不敢置信的看著我，聲音在發抖。

我緩緩走上前，忍住又要奪眶而出的眼淚，捍衛著我最後的自尊，假裝強勢的說著，「如果妳不想見我，我可以馬上走。」

大姊的眼淚先落下，猛搖著頭，「不要走，妳不要走！」

我這才甘心的讓淚水流下，不安的叫了聲，「大姊。」

大姊朝我奔來，緊緊地抱住我，我們將近二十年沒見，她的淚水不停的落在我的肩上。我抱著她顫抖的身軀，拍著她的背，就像枯樹拍著我一樣，很難說出安慰的話，因為我就是她的安慰，枯樹也是我的安慰。我回過頭，枯樹像顆大樹般站在我身後，露出溫柔的笑容。

此時此刻，我再也不想逃避。

我喜歡他，我喜歡李昊天。

就算只有不到一個月的時間，就算全世界人的都說我水性陽花，笑話我十幾年來的暗戀，看不起我的情不自禁，我都不在乎，我就是喜歡上他了。

我也給了他一個微笑，謝謝他陪我走到這裡。

「媽媽，妳為什麼要哭？」小孩在一旁拉著大姊的衣服，「妳不是叫我們都要快樂，妳幹嘛不快樂！」

大姊鬆開了我，趕緊擦去臉上的淚水，對著孩子說：「媽媽很快樂，因為媽媽看到我最愛的妹妹啊！來，叫阿姨。」

小孩怯懦的看著我，我擦去眼淚，給了他們一個微笑，他們卻給了我十倍燦爛的笑容喊著，「阿姨好！」

我和大姊相視而笑，大姊眼角的魚尾紋，讓我知道在這裡生活，她笑了多少。

大姊帶著我和枯樹進門，收拾著滿室小孩調皮留下的痕跡，為我和枯樹煮了咖啡，我才知道大姊和姊夫在屏東種咖啡。我聞了咖啡香，放下杯子，對大姊說：「我不敢喝，都是妳害我的。」

大姊一愣，想起過去的記憶，大笑出聲。

「那是妳沒有慧根，我很小就愛喝。」大姊轉頭問枯樹，「好喝嗎？妹夫。」

我看著枯樹差點被咖啡燙到，出口相救，「大姊，我們只是朋友，妳不要亂叫啦！」

大姊笑了笑，「不好意思啦！看你跟我們家茉莉很相配啊，不過你跟我們家老公一樣，也是原住民嗎？」見枯樹不知如何是好，我忍不住大笑，枯樹瞪了我一眼。

我察覺大姊注視著我的眼神，停住了笑容，好奇的問著，「大姊怎麼一直看我？」

大姊回神搖頭，帶著些微不安的問我，「茉莉，妳過得好嗎？」

我點了點頭，「大姊呢？」

她也點點頭，「很好，我真的很好，妳……還是跟媽媽一起住嗎？」

說到媽媽，我心一緊，但也點頭回應，「對啊，一直都是跟媽住。」

大姊繼續問著，「她對妳好嗎？」除了最近以外，對過去的我來說，她是全世界最好的媽媽。

換我問起了大姊最重要的問題，「大姊，妳當初為什麼要離家出走？」

大姊看著我，似乎不知道該從何說起。我原以為我會得到答案，她卻又反問我，「妳怎麼想到要找我？」

我嘆了口氣說著，「媽前陣子在浴室裡跌倒了。妳不在，玫瑰前年結婚之後也很少回來，她的身邊就只有我。我覺得媽很可憐，怕她只有我覺得孤單，就想找到妳。大姊，妳都沒有想過回來找我們嗎？」

「我想過要找妳，我很想妳。」大姊說。

「那媽呢？妳不想她嗎？」我問。她看著我，一臉為難，又是那個不知道怎麼回答的臉，讓我覺得好迷惘，「大姊，妳和媽到底怎麼了？妳要告訴我，我才能解決啊！」

我一個激動，想伸手去拉大姊，卻打翻了咖啡，灑上了我本來就有傷口的手。枯樹急忙把我拖到廚房沖冷水，大姊也拿了藥膏跑到我的旁邊，然後她看到我手上的傷痕，「妳手怎麼受傷了？」

我不知道該不該說出這是媽的傑作，大姊卻說了，「媽也打妳嗎？」

我傻住，想著大姊那句話裡的「也」是什麼意思時，大姊就直接把我拉到她的房間，表情嚴肅的看著我說：「茉莉，妳老實說，媽會打妳嗎？」

我嘆了口氣，把這段時間發生的事告訴大姊，包括昨天的爭執。大姊聽完，慌張的說：「妳不要回去那個家，隨便找個地方住，離媽越遠越好。」

「大姊，妳在說什麼啊！就算她昨天對我動手，她還是我們的媽媽，我怎麼能不管她？」我說。

大姊的眼眶又紅了，著急的看著我，最後拉起她的衣服，我看到她背上有條好長的疤。我摸著那條疤，心疼的問著，「這是？」

大姊拉下衣服，表情凝重的說：「媽砍的。」

我頓時說不出話來，我以為我聽錯，不，一定是我聽錯！

大姊開始說出她當年離家的原因，在爸過世之後，她就覺得媽媽越來越可怕，不准任何男生靠近她，連男同學撿到她的課本送來家裡，也換來媽媽的一巴掌。原本以為媽不要她太早交男友，後來發現不是，媽要大姊高中畢業就去工作賺錢。大姊想繼續念書，但媽已經為她找好工廠一天十四個小時的工作。大姊不肯，媽就打她，大姊想偷跑，被媽抓到，拿了水果刀就往大姊的背後一劃。

那畫面太可怕，和小鹿檯燈砸在我旁邊的場景重疊。

我嚇得腿軟，跌坐在地上，撫著我幾乎要失速的心跳，「媽怎麼可能會這樣……」

大姊難過的蹲在我面前，一臉歉疚的看著我，「茉莉，我曾經想過找妳和玫瑰，我很害怕妳們也會遇到跟我一樣的事，但我不敢回去啊！我真的不敢，媽的表情到現在還會讓我做惡夢。」大姊痛哭失聲。

我伸手制止了大姊的自責，我懂她的害怕，更何況那時候大姊才十幾歲啊！不是正該無憂無慮的享受青春嗎？

走了一個大姊，媽或許是嚇到了，所以沒有這麼對我和玫瑰，讓我們念完了大學才出去工作。當她規定薪水要全交回去，只領零用錢，我沒有任何反彈，只覺得孝順媽媽是應該的，反正我沒有什麼朋友，不需要交際，假日就和媽媽去做生意。但交友滿天下的玫瑰，就常因為要繳出全部薪水的事和媽媽吵架。

媽為什麼這麼需要錢？我們的生活樸實，並沒有特別開銷，我和玫瑰也都是用獎學金升學，扣掉生活花費，存下的錢也不少，媽到底要那麼多錢幹嘛？我真的不懂，也不想懂，只能抱著辛苦的大姊。幸好她平安健康的活到了現在，還有了一對可愛的兒女。

我的出現，讓大姊又想起過去的惡夢，我覺得愧疚，「大姊，對不起，如果我不找妳，妳就不會想到這些了。」

大姊用力搖頭，淚水像水龍頭壞掉般不停湧出，「這些我是永遠都忘不了的，我要謝謝妳來找我，我真的很想妳和玫瑰。」

我抱住大姊，試著安慰著她，安慰著二十年前的她，我告訴她，「沒事了，真的沒事了……」

因為我們長大了，除非我們願意，不然沒有人可以傷害得了我們。

哭過之後，我們都冷靜了下來。大姊要我留下來過夜，但我拒絕了，我不要她為我忙碌，我還得回台北，我還要回去問我媽，為什麼能這麼狠心往大姊的背上一劃。當初爸死了之後，她抱著我們三個，哭著說她只有我們了，那為什麼要這樣對待我們？

大姊有點失望，我努力揚起微笑，「大姊，我已經知道妳住在哪裡了，我隨時想來就來，更何況現在還能視訊啊！」

「山裡網路超爛的。」大姊抱怨，又依依不捨的對我說：「下次帶玫瑰來，好嗎？」

我點點頭，想起了消失的玫瑰，不曉得她回國了沒有。如果她知道我找到大姊，她會跟我一樣開心嗎？如果她知道媽媽這樣對大姊，她會相信嗎？

我不想再去猜測，畢竟我不是玫瑰。

大姊開著貨車送我和枯樹到車站，我看著老去的大姊，看著跟她長得一樣的兩個孩子，我知道她心裡富足，但我仍想為她付出一點什麼。遠道而來的妹妹和二姨，什麼禮物也沒能來得及買。

下車後，我要大姊等我一下，我走進隔壁的便利商店想領些錢。站在提款機前，隔著玻璃，抬頭就見枯樹和大姊在外頭開心的聊著天，兩個孩子也巴在他的身上，那畫面讓我感到幸福。

但下一秒，卻發現我連一千塊都領不出來，明細表上顯示餘額不足。我按了餘額查詢，看到戶頭只有七百多塊，我不敢置信，「怎麼會這樣？」

枯樹似乎從玻璃窗外看到我的表情不對勁，走了進來，「怎麼了？」

我著急的說：「怎麼辦？我的存款好像被盜領了，裡面居然只有幾百塊。」

「妳現在馬上打電去銀行問問看。」

他這麼一提醒，我馬上把卡片翻到背面撥了上頭的電話到銀行，差不多轉接了八萬次，我才轉到專人服務。我走到安靜的角落，說明我的存款可能遭盜領，服務人員為我查詢之後，告訴我是早上十點多時，有人拿存摺和印章將錢全都提完。

我直覺是我媽，知道我密碼、存款簿和印章在那裡的人，只有我媽。

我覺得荒唐。

從我出社會工作，到合夥作生意，所有賺到的錢，都給了我媽，而我還是在領零用錢。我從未有大筆開銷，僅有的存款，都是我沒花完的零用錢存下來的，我媽竟然連這些也全都拿走。我看著提款卡苦笑。

「聯絡得怎樣？」枯樹走到我身旁問。

我看著他，完全說不出一句話，我要怎麼告訴他，「嗨，我的錢全被盜領了，那個人還是我媽呢。哈哈哈哈。」

他沒有再追問，直接塞了一疊錢到我手上，比我上次塞在他錢包裡的還要多。我驚訝的看著他，「妳不是想要給大姊嗎？我這裡先借妳，是借妳的，妳要還我。」他特別強調是借，因為他知道我怕白拿。

沒想到，他居然有錢。

本來想拒絕，但看著外頭的大姊和外甥們，我只能對枯樹說了聲謝謝後，拿了那疊錢跑出去，塞給大姊。大姊不願意收，急忙說著，「我這個做姊姊的都沒有照顧妳們了，怎麼可以還拿妳的錢？」

「才不是給妳的，是給兩個小孩的，他們這麼大了，我沒包過一次紅包，沒幫他們過過一次生日，這些都還嫌少了。」一個八歲、一個六歲，我卻沒能疼過這兩個孩子一次。

大姊這才勉強收下，又哽咽的說：「都是我的錯，我早就該找妳的。」

我搖了搖頭，本來覺得人生的問題為什麼總是突如其來，但現在我感謝它來得剛好，在我有能力承受這一切的時候，在枯樹在我身邊的時候。

過去的日子，我比大姊幸運，我還有資格抱怨什麼嗎？

「以後我常來找妳，妳如果嫌煩，我就不理妳了喔！」我笑著跟大姊說。

大姊也笑了出來，「拜託妳要常來，昊天，你也要常來喔！」大姊對枯樹說。

他點了點頭回應，「會的。」

於是我們上了車，隔著車窗揮別。我並不感傷，因為我知道還會再見。車子開了，我回頭透過車窗看著大姊仍站在原地對著車子揮手，這一秒，我多麼感謝我自己，我做了找大姊這個決定。

大姊的身影逐漸消失，我的心情也越來越沉重，因為我不曉得幾個小時後，我該怎麼面對我媽。

「冷氣會不會太強？」枯樹嘴巴問著，但已經起身為我將冷氣出風口調了位置。

他一坐下，我便問：「你怎麼知道我想拿錢給大姊？」

他笑了笑，理所當然的說著，「因為如果我是妳，我也會這麼做。」

我看著他真摯的表情，跟著我舟車勞頓，時不時應付我層出不窮的問題，還比我更認真解決。即便這麼累了，還要抽空關心我的一舉一動，「難怪我會喜歡你。」我忍不住脫口而出，我想我也累了。

他瞬間震驚的眼神，也震驚到我。看得出來他很意外，也很慌張，我不願意我的喜歡造成他的困擾，我知道他對我只是朋友，畢竟他說我看起來很可憐。幫我這麼多，對他而言，大概就像在幫助流浪狗吧！

我更不希望再花十幾年單戀另一個人，我不知道自己在此時此刻還有力氣笑出來，還能假裝灑脫的說：「你放心，我不會喜歡你很久，也不會當你的工具人，你不要叫我幫你做事，我不會答應你的。」

他突然笑了，摸摸我的頭，一臉滿意的說：「杜茉莉，妳長大了耶。」

我沒好氣的揮開他的手，然後對他說：「我要睡覺，不要吵我。」眼見他又要說什麼，我又馬上制止，「閉嘴，我現在什麼都不想聽。」

如果此時此刻連他都發我好人卡，我真的會覺得我不如馬上跳車，重新投胎算了，反正我心裡知道他不會愛我，他心裡有別人就夠了，卡片他自己留著吧！

我閉上眼睛，後悔不已，但一切都已經來不及了。我杜茉莉在感情裡最大的本事，便是喜歡上一個永遠不會愛我的人。

一路上，我都沒有睡，因為我根本睡不著，但枯樹卻睡得很熟，整個人靠到了我的肩上，我得承受一棵樹的重量。剛才明明還信誓旦旦的說不成為他的工具人，現在連人都不是，只是一顆枕頭。想推開他，又想到他因為我這麼累，就下不了手。

為什麼只要喜歡上一個人，我就會變得這麼窩囊？

「親愛的旅客您好，轉運站到了。」車上響起了廣播，我還沒回過神時，枯樹已經醒了。他瞬間抬頭，眼神對上看著他來不及迴避的我，他的唇又次擦過了我的唇，我頓時天旋地轉。

和上次在火車上不一樣，上次感到屈辱，這次是感到心跳加速，無法呼吸，我可能是暈車了。

我看著他愣住，他也跟著愣住，沒想到一張開眼就擦槍走火。我超害怕他下一秒會做出讓我無法接受的動作，比如擦嘴巴；或是說出一句使我崩潰的話，比如妳沒刷牙。於是在他還沒有任何舉動時，我便起身想要衝下車。

結果，他按住了我，再次吻了上來。

我不知道下一秒該怎麼辦，全身動彈不得，能做的事就是閉上眼睛，這電影都有演過，我看過。不知道過了多久，我聽見司機大哥說了一句，「不好意思，到站了。」

我嚇得睜開眼睛，下一秒，我推開了枯樹。不只推開，而是推倒，他整個人跌在了走道上。我像是被高利貸追殺一樣，衝得飛快，不管他在後面怎麼叫我，我都沒有回應。凌晨兩點半，我一個人臉紅紅的站在台北街頭氣喘吁吁。

就這樣坐在路邊，想著枯樹會吻我的一百種原因，應該是夢遊、是夢遊、是夢遊、是夢遊、是夢遊……我回過神時，一個醉漢正蹲在地上看著我傻笑。我嚇了一跳，想枯樹想到渾然忘我，都忘了現在是什麼時候。我趕緊起身往前走，還不知道怎麼面對我媽，所以決定先到公司窩一晚。正想攔計程車，才發現，那個吻讓我連包包都忘在了車上。

身上什麼都沒有，我遇到了人生最大的困境。

四周張望著，終於看見一個希望。我走進了距離不遠的便利商店，台灣最美的風景不是人，是7-11。我對著櫃檯可愛的大夜班弟弟說：「那個……請問你的手機可以借我打個電話嗎？」

「好啊，阿姨。」他這麼回應我。

我很想傷心，但我沒有時間傷心，撥了電話給丁熒，她一接起來以為是半夜惡作劇電話破口大罵，直到我弱弱的喊了她一聲，她才驚醒，留了「我馬上到」四個字，就掛掉電話了。

我看著便利商店裡的食物和飲料，肚子叫了起來，第一次覺得錢很重要。

丁熒沒讓我等很久，二十分鐘後，她就載著穿睡衣的湯湯一起出現。我一看到她們兩個，剛剛的害怕、寂寞、不安全感都湧了上來，衝破了我的壓抑警戒線，我像個小孩似的哭哭啼啼，比大夜班弟弟還像個孩子。

她們摟著我、哄著我，我卻只是哭著說：「我想吃御飯糰。」

於是她們掃了一堆食物，帶我回到丁熒家。我邊吃邊和她們說了一切的事。我吃飽了，她們也哭飽了，我覺得罪惡深重，換我哄她們，「別哭了，我已經把我該哭的都哭完了，妳們不用再為我哭，拜託，不然我會很後悔對妳們說這些事。」

然後我就被丁熒揍了，「妳講這什麼話。」她擦掉眼淚，不敢置信的問我，「妳真的沒事嗎？連我都沒辦法相信，妳是怎麼接受這一切的？」如果我媽沒有對我動手，或許我打死也不信，但我身上的傷痕，就是證據。

她們看著我的傷，絕望的搖頭，「婉嬋姊怎麼可能是這種人？」

「阿姨人那麼好，居然會做出這樣的事來？」她們正經歷著我昨天經歷過的陣痛徬徨期，頭過身就過。

我累得無法再和她們多說什麼，很多事實都得靠自己慢慢消化，就像吃進我胃裡的食物，它們正被我消化。我剛說的那些話，丁熒和湯湯也花了一整晚消化，我睡飽了，她們卻有了黑眼圈。

直到早上起床，丁熒還是搖頭著說：「我真的無法相信。」

直到三人都上了車準備上班，湯湯還是一臉迷惘，「阿姨到底是怎麼了？」

直到我坐到我的位置上，她們還是走來我的位置旁問我，「茉莉，妳真的沒事嗎？」

我笑了笑，「我真的沒事，真的。」

讓我比較有事的，反而是昨晚那個吻。一想到，我就忍不住失控用頭敲桌子，看看自己能不能清醒一點，結果讓丁熒和湯湯更無法相信我沒事，「妳看妳都瘋了！」要正常的活在這個世界，很難吧。

我推開她們，準備工作，丁熒擔心的對我說：「妳這陣子先住我家，等妳心情平復一點，我再陪妳回去找婉嬋姊，大家坐下來好好談談。」

湯湯也跟著說：「妳也可以來我家睡，反正密碼鎖妳是知道的，妳現在不適合自己一個人。」

「我早就想好了，一三五睡丁熒那、二四六睡湯湯家，星期天就看妳們誰表現得好，我多住一天。」我笑著說，然後得到她們的白眼。我起身抱住她們，「我真的沒事，我會面對這一切，我有妳們，還有大姊。」

一說完，我抬頭就看到玫瑰推開了公司的門走進來，後頭還跟著枯樹，他手裡正拿著我昨天留在車上的包包。天啊，這瞬間我只想躲起來，但玫瑰來了，我不能躲。

丁熒和湯湯察覺我的驚訝，回頭一看也跟著我一起驚訝。

我走向玫瑰，她依然戴著墨鏡。「妳怎麼來了？」我問。她隔著墨鏡看著我，沒有說話，我猜她是說出不話來，因為她在哭。我伸手摘掉她的墨鏡，她眼睛旁邊有一片瘀青，她流下眼淚，淚水糊掉了她嘴唇旁刻意用ＢＢ霜掩蓋的傷。她現在的模樣，就是我那天在醫院外看到的樣子。

我看著她受傷的臉，看著她瘦了一圈的身形，看著她不停落下的眼淚，我心裡好疼，強迫自己冷靜的問著，「誰打妳？」

玫瑰哭著搖頭，仍是一句話也不說，我的猜測也只能是她老公，不然還能有誰？我氣憤的就要往外衝，玫瑰沒能來得及攔我，擋住我的是枯樹，「妳先別急，把事情搞清楚再說。」他拉住我的手，把我帶回辦公室。

丁熒和湯湯安慰著哭個不停的玫瑰，我看著玫瑰的眼淚，什麼都做不了的感覺，差點就要逼瘋我這個姊姊。

我身旁的枯樹一直盯著我，跟警報器一樣，只要我一移動，他就會說：「別急、等等、冷靜。」是有錄音嗎？

我轉頭瞪他，他給了我一個無辜的表情。

我就這樣坐在會議室裡，陪著玫瑰哭。無論她等一下說什麼，我都已經下定決心，先陪她去驗傷，然後報警，再去訴請離婚，我的妹妹我來照顧。見她穩定一點，我便把我的打算告訴她，「我會幫妳找最好的律師……」

「二姊，我不要和我老公離婚，我們彼此相愛啊！拜託妳幫幫我。」玫瑰又哭了。

「他都把妳打成這樣了。」我生氣的說。

「不是他。」玫瑰反駁。

我嘆了口氣，「那妳到底要我幫妳什麼？」

玫瑰看著我欲言又止，我等得不耐煩，枯樹又在我耳旁小聲說：「有耐心一點。」

我只能再給他一個白眼，然後對玫瑰說：「妳把所有的事告訴我，不要有隱瞞，這樣我才能知道怎麼幫妳。」

玫瑰再次紅了眼眶，抬起頭來，哽咽的對我說：「妳可以叫媽不要再跟我老公拿錢了嗎？我真的好痛苦，我丟臉到好想死，媽不是我們的媽媽嗎？她為什麼要這樣對我？為什麼？」玫瑰再次痛哭。

我又像是被丟進萬丈深淵。大姊因為我媽離家出走，我妹因為我媽想要去死，我卻到今天才知道一切，還以為自己最孝順，還怪妹妹不孝順，我明明並沒有只活在自己世界啊！

但此時此刻，我覺得自己和她們過著截然不同的兩種人生。

湯湯為玫瑰擦去眼淚，玫瑰邊哭邊說：「當初媽不准我結婚，她說我結婚了，就少一個人賺錢給她……」

我一點也不震驚了，在看過大姊背後的那道疤，再看過我餘額只有幾百塊的戶頭，關於我媽對錢的在乎程度，我還需要覺得意外嗎？

「我老公為了和我結婚，私下答應每個月給媽二十萬安家費。」

丁熒和湯湯同時倒抽口冷氣，「二十萬也太多了吧！婉嬋姊看起來省吃儉用啊！她到底拿這麼多錢幹嘛？」丁熒不能理解。

我無奈的看著玫瑰，示意她繼續說下去。

「我原本也不知道，是去年母親節大餐的時候，媽向我老公要那個月的費用被我聽到，我才知道。我很生氣的跟媽吵過，但媽根本不聽，我老公要我忍下來，說那是他答應媽的，他就會做到。但是現在景氣不好，我老公公司經營得很辛苦，他上個月只匯給媽十萬，媽居然提著禮盒去我婆家，要我婆婆把錢補齊，我婆婆氣得要我老公和我離婚！」玫瑰又哭了。

我想起了我要出發去台南那天，我媽提著那個紅色禮盒，那個我在客廳沙發後方發現的變形禮盒。如果沒有意外，這是玫瑰的憤怒，我似乎可以想像她有多氣的在我媽面前砸爛那個禮盒。

「二姊，上次妳打電話來告訴我，媽跌倒的時候，妳知道我有多高興嗎？我多希望她乾脆死掉就算了！」玫瑰哭著大吼，她得要多心碎才會這樣。我自責不已，我什麼都沒有發現。

「後來我回去看過媽，要她放過我，如果她不願意，我就再也不會認她這個媽，結果她用拐杖打我，這些傷都是她舉起拐杖往我身上打出來的。」玫瑰拉開她衣服的領口，一條條的瘀青展現在我眼前，我膽戰心驚、我崩潰不已。

「為什麼不早點告訴我？」我忍著眼淚，氣急敗壞的吼著玫瑰。

「妳要我怎麼說？妳看起來那麼開心，那麼孝順媽媽，那麼願意賺錢媽媽花，妳會在乎嗎？二姊，妳以為媽最疼妳嗎？錯了！那是因為妳最不吵不鬧最聽話，我們都只是媽媽賺錢的工具！可是後妳居然什麼都沒有發現！」

玫瑰的話打中我的要害。

本來還在感嘆自己當了阿泰學長的工具人十幾年，覺得很悲哀，現在才知道，我當工具人何止十幾年，是三十幾年啊！

我跌坐在會議裡的沙發上，天旋地轉。

我哭不出來，我不哭出來。

真相，大白。

第十章／結束

我是不是白活了？

看著哭到癱軟的玫瑰被妹夫帶走，我有一種想開窗從這棟樓往下跳的衝動。我到底在幹嘛？我活著到底要幹嘛？我不知道大姊受傷，不曉得妹妹受苦，我愛著、照顧著造成這一切的罪魁禍首。

然後，還覺得自己很孝順。

想到這，我都要笑了。

「茉莉。」湯湯擔心的喚著看起來像要倒下的我。

我抬頭，看著他們每一個人同情的表情，看著他們每個人都想安慰我的樣子，我別過頭去，我這種人有什麼值得同情的？

「什麼都不要說，拜託。」我淡淡的說。

我沒有忘記自己剛對玫瑰保證會為她解決這件事，但我根本不知道從哪裡下手，還是我去她婆婆面前下跪道歉，請她婆婆原諒我媽？然後呢？我媽再三不五時，提著禮盒去人家家裡要錢？

要怎麼和我媽談，是我目前最無助的事。我想起了她的歇斯底里，關於好好溝通這四個字，根本直接破局。

「妳不要自己一個人回家。」枯樹走到我旁邊說。我抬頭看他，好想投入他的懷裡，像昨天他在大姊家安慰我一樣。但單戀的我沒有資格，我仍然是自己一個人，得面對我自己一個人的問題。

我沒有回應他，也不敢繼續看他。我低下頭。枯樹走到一旁，和湯湯討論著事情，大概是要她看牢我，怕我衝動、怕我做傻事。但是他們才傻，我這麼膽小懦弱的人，根本沒有勇氣面對我媽跟死亡。我瞄了他放在桌上的手機，想起那個美麗的背影，更感到低落。我愛的男人，都會愛著別人，我媽的願望成真，我可能這輩子只能單身，好讓她萬歲。

想到這，我感到很嘔。

丁熒泡了咖啡進來，坐在門邊的我，瞬間聞到了在培秀姊店裡聞過的味道，想起了阿紫奶奶說我嚇很大。我拿掉掛在脖子上的平安符，丟進垃圾桶，三個姊妹裡就我最平安了，我還需要什麼平安符？

丁熒嘆口氣，走到我旁邊，將托盤上的牛奶放到我手上。「茉莉，先喝點東西。」

但我現在怎麼喝得下？我想把牛奶放回桌上，手卻碰到了丁熒手上的托盤，把咖啡打翻了，倒在我的身上，像上次在火車上那樣。

我這輩子和咖啡犯沖。

咖啡的香味頓時竄滿了整個會議室，我覺得燙，但我沒有閃，因為我沒有力氣閃，反正只是潑了一點在身上，大多都灑在托盤裡。

「我沒事。」我對著一臉歉疚的丁熒說。

但全世界的人都覺得你有事。

枯樹和湯湯很快衝到我身旁，枯樹急忙拿著衛生紙要幫我擦，卻突然停手問著，「這咖啡哪來的？」但大家重心只放在擔心我有沒有燙傷，沒有聽到枯樹的聲音，只有我聽到。我正要回應他時，他用著我從未聽過的慌張吼著，「這咖啡到底哪來的？」

丁熒沒好氣的說：「我泡的啦，一直問這個幹嘛，茉莉都不知道有沒有燙到。」

枯樹抓著丁熒著急的問：「我是說咖啡粉、咖啡豆哪來的！」

丁熒感到莫名其妙，「就……茉莉拿回來的，我們很常喝的咖啡店啊，怎麼了？」

「在哪裡？快點告訴我！」枯樹急得像是下一秒就一定要知道答案。

我有一種不好的預感，他要找的人，是我們都認識的人，是我很珍惜的人，他覺得很重要那個人，也是對我很重要的一個人。

他的手機突然在桌上震動了起來。我看到那個美麗背影的畫面，瞬間變成張懷生的來電顯示，枯樹激動接起，說了一句，「我馬上過去。」便往外衝。

下一秒，我也下意識的起身跟著往外衝。不管我身後有多少人喊著我的名字，我就這麼無腦的跟著枯樹衝了。當我跑出大樓不見他的蹤影時，我馬上攔了計程車，說出銀河大樓的地址，我想確認自己的猜測是不是對的。

每停一個紅燈，都像是要了我的命。

好不容易到了銀河大樓，我下了車，不安的走向前。我站在一樓咖啡店的門口，先是看到那些三姑六婆震驚的模樣，再往前望去，枯樹正站在吧檯裡，緊緊擁抱著培秀姊。他激動的流著眼淚，培秀姊小巧的臉靠在他的肩上，也是淚流滿面。

在我們創業沒多久後，阿紫奶奶就炫耀著說一樓租給一個超有氣質的女人，要開咖啡店，那就是培秀姊。她從不曾跟誰說她的過去，包括她從哪裡來，為什麼總是自己一個人，我們從沒有問過，不是每個人都願意和別人分享自己的故事。

但我們很喜歡溫柔嫻靜的培秀姊，她身上那股堅定卻又帶著溫暖的氣質，是我望塵莫及的。

我看著他們感人的久別重逢，轉身離開。

然後，我沒有察覺自己早已滿臉淚水，本來就知道是沒有結果的單戀，但我仍是感到撕心裂肺。

或許是老天爺懲罰我，這是我太快愛上別人的報應吧！

當我像遊魂一樣回到公司大樓外，卻沒有勇氣上去，我害怕被丁熒和湯湯追問我的傷口，更害怕自己會軟弱的放聲大哭。不可以了，我已經夠看不起我自己了。正當我不知道該去哪裡，轉身又看到阿泰學長的小酒館門上告示牌寫著「店面已轉讓」，心情更是低落，我的世界像是被隕石砸落般面目全非。

我在小酒館的落地玻璃窗上，看到了阿泰學長的倒影。驚訝的回頭，他就真的站在我後面。我嚇了一跳，直覺想要逃，他卻攔住了我，「茉莉，對不起，妳不要怕我，我們可以談談嗎？」

我停住腳步，看見阿泰學長一臉的無助，最後我點點頭。

我們來到附近的咖啡店，坐在上次我和小宣來的位置，我和阿泰學長面對面坐著，他難得露出緊張的神情。我等他說話，但他始終沒有開口。我有點坐不住了，看著他，我卻一直想起枯樹和培秀姊擁抱的畫面。

「要坐到什麼時候？」我忍不住問。

「妳瘦了。」學長回應得文不對題。

「為什麼要把店讓掉？」我直接問。

學長苦笑，「其實……那根本稱不上是我的店。」

「什麼意思？」我不懂。

學長嘆了口氣，從口袋裡拿出一個信封袋，遞到我的面前。我看著那個信封，不知道那裡面又有什麼會嚇到我的事，猶豫了很久，最後有點負氣的打開，像是想看看這個世界到底還要對我多不友善。

然後，我從信封裡抽出了一張支票，上頭的面額嚇了我一跳。

我抬頭看向阿泰學長，「這是你補給我這幾年的薪水嗎？」除了這個理由，我想不出為什麼他要拿這張支票給我。

學長搖搖頭，又盯著我看。我看得出他的掙扎，可是不曉得他到底在為難些什麼。我把支票放到桌上，想要離開。人活著各有各的難處，就像我也有我的一樣，眼前的學長也有他的，我幫不了他的為難，他也幫不了我。

「茉莉，那本來就是妳的錢。」阿泰學長怕我走掉，急忙開口說。

我不解，再次坐下，「我不記得自己曾經借過你這筆錢。」因為錢都在我媽手上。

學長終於鼓起勇氣，他的眼神變了，「是阿姨借我的。」

又是媽媽？我媽到底要做多少讓我出乎意料的事？

我真的不明白，她可以為了錢不顧女兒，怎麼願意拿出這一大筆錢借給阿泰學長？難道我媽知道我喜歡他，也跟著我幫起了他？

但不是，阿泰學長解決了我的困惑。

「妳還記得我在人生最低潮時，妳向我告白的事嗎？」

我點了點頭，怎麼可能忘記，我可是被他狠狠拒絕，用了一句最老套的話ＫＯ，「我只把妳當妹妹。」對一個喜歡自己的人這麼說真的很殘忍，像是要斷掉最後的希望，告訴你「我們不能亂倫」一樣，我哭得多慘。

「其實我好開心，因為我也很喜歡妳。」學長竟然這麼說，我只覺得生氣，就像中了一張過期的千萬頭獎發票。

我冷冷的說：「但你拒絕我了。」

學長無奈點頭，苦笑著說：「對，因為我接受了阿姨的提議。」我驚訝的抬頭看阿泰學長，害怕他接下來要說出來的話，會將已經破碎的我再次擊垮。然而我猜想得沒錯，接下來從他口中說的的每一字每一句，都把我推向地獄。

「我知道妳喜歡我，我心裡也一直都只有妳，但阿姨常私下對我說，她不可能把女兒交給一個沒前途的人。我知道妳很孝順，如果阿姨反對，我們在一起，妳也不會開心。當時我退伍後自己開店，誰知道我滿懷希望，卻賠慘背債，我本來覺得我的人生已經沒有希望，我沒有資格擁有妳的時候……」

「我媽去找你了。」我說。

阿泰學長點了點頭，「她說只要我不接受妳的感情，她就可以借我一筆錢，讓我繼續經營小酒館。我想著，先把事業做起來，再拜託阿姨，請她答應我們在一起。後來生意做起來了，妳的事業也做起來了，阿姨告訴我，妳以後是要嫁入豪門的，不能只當個一間小店的老闆娘……」

我實在是聽不下去了。

「閉嘴。」我對一個人的感情，成了別人口中的籌碼，我覺得反胃想吐。

阿泰學長難過的解釋，「茉莉，我真的很痛苦，我很愛妳，但我知道妳媽不會接受我。我曾經想告訴妳實話，阿姨不准我說。我只能女朋友換過一個又一個，試著忘記妳，我隨時都在害怕有一天妳不會愛我了，就會離開我……」

「就像現在一樣。」我痛苦的說著。

我終於知道我媽為什麼不阻止我愛阿泰學長了，不是那些溫暖的安慰鼓勵，什麼那是我的決定、那是我的選擇，而是那是我媽的遊戲。我媽要我一輩子愛一個不敢愛我的人，好讓我孤老終身，成為她的提款機。

我一生下來，就是我媽的一顆棋。

本以為我比大姊和玫瑰幸運，事實上我才是那個最不幸的人，因為我到這一天才覺悟，才發現媽媽有多殘忍。我媽每天都在我身上劃一刀，我還天真的喊著她一聲媽，我還對別人說我很幸福！

我哭不出來，卻一個轉頭直接吐了出來。我不停的吐著，聽見咖啡店裡客人的驚呼。看著滿地我吐出來的酸水，再也受不了的起身，跑了出去，對我媽僅有的最後一點憐憫全數瓦解。本想和她好好談，只要她能放過我們三姊妹，我依然會喊她一聲媽，我依然願意照顧她直到她老去。

但現在，我只想攤牌。

我衝回家，沒了冷靜、沒了理智，我只想對著媽大吼，「妳還算是一個媽嗎？」回到家，奮力打開門，四處找著我媽在哪。客廳裡頭沒有人，浴室陽台沒有人，我媽不在。我試著打開我媽的房門，找出所有祕密，卻發現門上鎖了。我又氣又急，直接到陽台，在工具箱裡拿了鐵槌就往門鎖敲，很快就被我敲掉了。

我在媽媽房間裡翻箱倒櫃，最後在床下翻到了一個袋子，一打開，裡頭全是存摺和一些所有權狀。我看著本應該寫著我名字的房契上，換成了我媽的名字。我不意外，翻著存摺，看著每一本裡頭驚人的數字，這些簡直夠我媽輪迴三輩子了。她到底為什麼要這麼多錢！

在我百思不得其解時，背後傳來了一陣痛。我回頭，看到我媽拿著她的枴杖，憤恨的瞪著我，「為什麼拿我的東西？還給我！」

我媽伸手想要拿，我起身閃過，頓時拉扯被拐杖痛打一記的背部。但我只是皺了皺眉，這點痛真的算不了什麼。

我看著媽媽，冷冷的說：「妳確定這裡面都是妳的？為什麼房子變成在妳名下？為什麼提走我全部的錢？憑什麼用錢來決定我和阿泰學長的一切？為什麼要逼大姊放棄念書去賺錢？為什麼要向玫瑰要安家費？妳到底為什麼要這麼多錢？」我越說越大聲，我媽的表情也越來越凝重。

原以為她會有被我拆穿的愧疚感，但我媽沒有，舉起拐杖就往我身上來，「把我的東西都還給我！那是我的錢、我的錢！」我抱著袋子閃著，閃了幾下，但幾下還是打在身上。我氣的伸手抓住亂揮的拐杖一扯，我媽就這麼跌到了地上。

「妳要這麼多錢做什麼？」我忍不住大吼。

「我要錢！只有錢才不會背叛我！」我媽扶著床站起身，也朝我大吼。

「難道是因為爸劈腿，妳才變成這樣嗎？」我們沒有背叛過我媽，除了我爸。

「妳給我住嘴，不准說那個死在小三床上的賤男人。妳們姓杜的都一樣，都要背叛我！一個背叛我離家，一個背叛我去結婚，現在連妳也要背叛我了，養女兒有個屁用！」原來我們在我媽心中不是女兒，而是姓杜的。

我很難過，「對不起妳的是爸，不是我們！妳怎麼可以這樣對我們？我們除了是姓杜的以外，就不是妳女兒了嗎？」

「我根本不想要妳們這些拖油瓶，看到妳們的臉，想到那個賤男人我就想吐，我付出我的青春養大妳們，妳們賺錢給我是天經地義，妳們要賺錢給我，賺到我死才可以。」

「妳生病了。」我紅了眼眶，從我爸死去那天，我媽就生病了，恨意侵蝕了她的心，她不再愛我們了。

「我沒有病，把錢給我，那是我的！」我媽突然衝過來，用力扯著我的頭髮。我一個吃痛，袋子掉在地上。我媽很快的撿起來，走了出去。我回神，趕緊跟了出去，一走到客廳，就看到我媽拿著菜刀，抱著那些錢，威脅著自己的女兒，「妳不要過來喔，誰敢搶我的錢，我就跟誰拚命！」

知道我媽是病了，我反而不那麼痛苦，因為她有被原諒的理由。我真的不願意恨我自己的媽媽，「我沒有要跟妳搶，我要帶妳去看醫生……」

「妳才去看醫生，妳才有病，走開！」我媽揮著菜刀就想要往門外走，但我不能讓這樣子的她離開家，要是因此害別人受傷，我真的會承受不了。我衝上前，伸出手把門用力關上，手臂就正好被劃了一刀。

像是同時有上百把小刀在我手上劃出傷口，我痛得說不出來話來。看著血從手臂流出，點點滴滴落在我家的白色地板上，我抬頭看著我媽。

我媽嚇到了，但不是因為我受傷，而是她出不去了。接著，她又開始發瘋似的繼續往我揮刀，「走開！走開！我要出去、我要出去，滾！」我看著刀不停的往我進攻，這輩子從沒有感到這麼害怕過。

我甚至想著，如果我這輩子真的結束在今天，那我一定會帶走我媽。無論如何，大姊和玫瑰都要幸福才行，我一個人什麼都沒有，活到現在除了沒談過戀愛，沒做過愛，我該經歷的都經歷過了，沒有什麼好遺憾的。

或許是抱持著這種想法，我整個人像豁出去般撲向了我媽，菜刀在她一個鬆手時掉了，哐啷一聲敲在我們的腳邊。我媽發了瘋似的，拿起一旁的東西就往我身上砸，書、小板凳、垃圾桶、拖鞋架……

我痛得喊著我媽，「媽，我是茉莉啊！媽！妳醒過來好不好！」我拜託妳，我拜託妳心裡只要有一點點的我就好，我們曾經多幸福的一起生活在這個房子裡，難道妳都忘了嗎？媽！

我大聲的喊了最後一次，我媽停住手，我放開她，以為她恢復了，卻在下一秒，她又推開我，拿了放在客廳桌上的水果刀。

「不要叫我！」她又往我的肩上劃了一刀，「我的錢呢？我的錢呢？」

我看著她眼裡根本沒有我的存在，只顧著找被我撞掉的包包，我就放棄了。我媽病得太重，在她還沒有發現那袋子掉在沙發旁時，我已經用沒受傷的那隻手撿了起來。我現在能做的，就是讓她冷靜下來。

我媽崩潰，「還給我！我的錢！」

我抱著那個袋子，冷靜地往我媽緩緩走去，安撫的說著，「媽，我們拿著這些錢去環遊世界好不好，就我跟妳，不要帶大姊，也不要帶玫瑰，我們自己去就好，好不好？我們去一個沒有人認識我們的地方過日子，我會賺很多很多的錢給妳……」

原本看到我媽認真聽著我說的樣子，以為事情所有轉機，卻在我走到她面前的那一瞬間，她的眼神又變了，朝我大吼，「妳騙人，妳愛上別的男人，妳也跟妳爸一樣背叛我！」

我媽瘋狂的再次舉起拿刀的手，這次我已經不想逃了，想拿命和我媽賭上這一局，我就不信她真的一點也不認我這個女兒，我可是在她身旁最久的人啊！

我閉起眼睛，等著刀刺入身體的疼痛傳來，卻先聽到了丁熒和湯湯的尖叫聲。我再次張開眼，我媽的手已經被枯樹抓住，仍死命的掙扎著，對著枯樹拳打腳踢，同時對著我喊，「把我的錢還我！」

我看到枯樹一臉慌張，紅著眼眶，下一秒，我眼前一黑，然後就失去了意識。

不知道過了多久，耳旁隱約聽到有人叫著我的名字，有男聲、有女聲，一起喊著，「茉莉！茉莉！」

我知道有人在叫我，但我不願意睜開眼睛。

因為一張開眼，就有很多人生的現實要你面對。我想睡，想一直睡，想一直留在這個黑暗裡，但身體有它的本能，意志力 hold 不住。我的眼皮緩緩睜開，受不了強光刺激，又再次閉緊。

我聽到丁熒和湯湯興奮的喊著，「她好像醒了！」

但我沒有真的醒來，而是又睡了過去。當我再次轉醒，可以完全睜開眼時，我看到了大姊。她一見我醒了，就哭了出來，哭個不停。我喉嚨乾得受不了，無法開口安慰她，更沒有辦法動，只要一動，我全身就好痛。

「我想喝水。」我艱難的吐出這四個字，大姊才邊哭邊用棉花棒為我沾濕嘴唇，用吸管餵我喝了一點水。

我有了一點精神，大姊便說起那天後來發生的事。

我從咖啡店跑掉後，阿泰學長擔心我會出事，便去找丁棨和湯湯。她們趕到我家的路上，也聯絡了李昊天。他們救了失血過多的我，而我媽已經被強制送醫安置治療，我就這樣昏睡了兩天。

走到這一步，我沒有意外。大姊說到媽的事，眼淚又是掉個不停，一定很無奈吧！爸爸不愛我們，媽媽也是。我的家庭真可愛，整潔美滿又安康……那都是別人的家庭。

「昊天連絡我的時候，都快把我給急死了。沒想到我還是回來台北了。」大姊感嘆搖頭，我看著大姊，給了她一個鼓勵的微笑。大姊也盡力笑著，畢竟看到躺在床上這樣的我，她怎麼可能笑得出來。

我用盡力氣，拜託大姊幫我一個忙。

我不想再見任何人，那也包含丁棨和湯湯。我比誰都知道她們有多愛我，可是現在的我支離破碎，我不再是過去的杜茉莉，我需要時間把我自己黏好，我不能要愛我的她們也當我的漿糊。

我不要再看到任何人對我露出心疼的表情。

我想要大家看到我的時候會笑、會開心，

我知道這肯定又會讓丁熒破口大罵，碎唸我的無情；會讓湯湯著急不已，擔心我的狀況，但我沒有辦法。我真的沒有力氣去拜託大家不要再擔心我，不要再擔心無能的我，不要再可憐一團糟的我。

最重要的是，我不想看到李昊天，除了要重新拼湊我的人生以外，還要重新整理自己的心情，我要做的事太多，我真的很需要時間。

「這樣好嗎？他們都那麼擔心妳。」

「大姊，拜託妳了。」我打斷了大姊。

然後，在我住院這段時間，就真的沒有任何來人過了，除了大姊和玫瑰。我很放心的療養我的心和傷，我會睡上一整天，也會坐在醫院露台曬上一整天的陽光。

我偶爾會聽到大姊和丁熒、湯湯通電話，我知道她們關心我，但我還是無法面對大家，因為只有我真的放下傷痛了，大家才會跟著我放下。

出院後，我並沒有回到那個房子住，在那裡的每個回憶，每天晚上都成了惡夢把我嚇醒。玫瑰知道我不會回去，早已幫我安排了她家附近的套房先住著，「二姊，妳看還缺什麼，隨時跟我說。」

前幾天，我已經要玫瑰將媽從妹夫那裡拿的錢全領回去了。「妳婆婆還有說什麼嗎？」

玫瑰無奈搖頭，「她大概也不好意思跟一個精神病計較吧！」我很想叫玫瑰別這麼說媽，但我說不出口，她也有她需要癒合的傷口。

「大姊，妳明天就回屏東吧。」我跟大姊這麼說。她為了照顧我拋夫棄子，已經在台北待了半個月。我其實已經好很多了，手臂和肩上的刀上，下星期就能拆線了。

大姊堅持，「怎麼可以，要看到妳完全好，我才要回去。」

我用乞求的眼神，「大姊，別讓我對不起妳好嗎？」對好多人的愧疚感已經壓得我快喘不過氣了。大姊被我的眼神說服，要我保證每天跟她報平安才肯讓玫瑰送她去坐車。

玫瑰也堅持要拿一把我的備鑰才肯走人，「二姊，妳不要覺得自己虧欠了誰，活著都是欠來欠去的。」

我苦笑，「這是妳和老公的婚姻心得嗎？」

玫瑰笑著點了點頭，突然對我說，「謝謝妳，二姊，妳沒事我真的很感謝，妳還在我身邊，大姊也回來了，我作夢都沒有想到……我現在真的覺得自己很幸福。」玫瑰笑著笑著就哭了，大姊也哭了。

不過我沒有，我不再那麼容易哭了。我輕摟著她們，感謝不愛我們的爸媽，仍是留下了愛我的姊妹。

送走大姊和玫瑰，我坐在安靜到不行的屋子裡，想起李昊天。這一瞬間，我知道關於我媽的事，我心裡已經能夠放下。人是這樣的，飽暖思淫慾，當你忙著傷感另一件事時，就會暫時忘了情傷。

現在我想起來了，那就表示，原本讓我傷心的事，已經不夠傷心了，我才有力氣繼續情傷。

我嘆了口氣，看著多日未開機的手機，掙扎好久。最後，我還是沒有開機，任由自己在黑暗和寂寞裡睡去。這就是我未來的日子，我得要習慣孤單，習慣自己吃飯、自己看電視，自己和自己說話。

並且，習慣心裡沒有人。

去醫院拆完線那天，我的身體也自由了。我想起了我媽，於是半小時後，我來到了位在郊區的療養院。

這是我第一次來看我媽，大姊在台北照顧我的時候，她天天來，倒是玫瑰不肯來。痛也會有新有舊，大姊的舊傷口或許只剩背上的那條疤，對於媽，她心裡已經沒有恨了吧，而玫瑰還恨著。

我被帶到我媽面前，她對著我叫玫瑰，向我要錢，「給我錢啊！我要錢啊！」我從口袋裡拿了十塊給她，她開心的又笑又叫，說自己是大富翁，「我告訴妳喔！我有個女兒很會賺錢的。」然後她哼起了那首枯樹在我耳旁哼過的歌。

「好一朵美麗的茉莉花，好一朵美麗的茉莉花……」我瞬間紅了眼眶，看著我媽的笑容，頓時覺得，或許此時此刻什麼都沒有的她，才是最幸福的吧！

「媽，辛苦妳了。」我鼻酸的說著，過去那段為了爸生病，為錢斤斤計較，算盡力氣的人生，真的辛苦了。

跟我媽說下次再來看她，她卻一臉天真的說：「妳不用來啊！我女兒會來的，妳又不是我女兒，別來別來！」

我笑了笑，「無論我是不是妳女兒，妳都是我媽。」

「神經病。」我媽這樣說著，然後把我給她的十塊錢，投進了一旁的小豬撲滿，「我是富翁了。」她開心的笑著。看見她的笑容，我也開心的離開了。

接著，我搭計程車來到了銀河大樓外，但我沒有下車，只是看著三樓玻璃窗內的人影走動。新辦公室已經整修完畢，聽玫瑰說前天東西已經搬回來了，她去看過，環境超好。她問起我何時回去上班，我一直沒有回答她。

我按下車窗，看向一樓咖啡店，李昊天和培秀姊正站在吧檯內，兩人有說有笑。從未看過他和培秀姊笑得這麼開心，一定是找到了彼此，畫面才會如此幸福美滿。

在我對他的感情結束之前，我怎麼回去上班？

那天在客運上的吻，我想只是他的一次失誤。想來好笑，我的吻為何盡是失誤？我閉上眼睛，不想再看，心痛得想回家。向司機說了家裡地址後，車離開了銀河大樓，我離開了李昊天。

天黑了，計程車開在台北的街道上，紅燈一個接著一個，高樓讓我看不到月亮。

我想起了那個抬頭就能見到星星，我只玩到一半的城市。

「司機大哥，我不回家了，麻煩你送我到高鐵站。」我說。司機先生點了點頭。

兩個半小時後，我又來到台南。

熟門熟路的走進巷子內，找到了上次住的民宿，櫃檯依然是那位親切的艾咪，她也還記得我，「杜小姐，妳來玩嗎？」

我笑了笑點頭，幸好是平日還有房間，我再次住到了同一間房，那時候李昊天讓給我的那間房。

我像是回到自己家一樣，一躺上床沒多久就睡著了，比我在台北的套房睡得更舒服。隔天我很早就醒過來，整理梳洗後，借了台民宿的腳踏車，就胡亂的在路上騎著。

經過了好多和李昊天留下回憶的地方，我總會停下來，重新想著那幾天的一切，笑著當時的自己還有他。牽著車走過舊台南法院、吃過蔥肉餅、喝過青草茶，晃著國華街、走進神農街。

每走一步，我的腦子裡那只有李昊天。

「死定了。」我想著。

這比自己想像的還要深的感情，真的是死定了。不能再見到他，要是再見到，不受控的情感再次排山倒海而來，我的下一個十幾年又要葬送在男人的手裡，我已經沒有青春可以浪費了。

我無奈的騎上車，卻又不自覺來到運河旁。一樣是夕陽落下，照得運河閃閃發亮。我無心欣賞美好的夕陽，只是不停埋怨自己到底幹嘛自討苦吃，本以為要好了的心，再次為回憶裂開。

我拿出手機，想要打電話給丁熒和湯湯，問她們有沒有考慮再將辦公室換個地方，如果一直在銀河大樓，我就得一直看到李昊天。我不行！我真的不行！但如果我現在開機是要和她們商量這件事，她們會直接從台北衝下來結束我的生命，怪我無情無義，有異性沒人性。

但我不是一向如此嗎？她們應該早就習慣了才對。

我還是沒有勇氣開機，我怕自己傷沒好，又要軟弱的投向她們的安慰和懷抱，那我永遠都只是不爭氣的杜茉莉。

我生氣的對著運河大吼，「去你的杜茉莉，清醒一點好不好！李昊天是培秀姊的！妳湊什麼熱鬧啊！」

一個吼完，心情爽快，下一秒卻聽到了熟悉的聲音，「妳找我嗎？」

我一個心慌，手一滑，手機又掉了下去。台南運河已經收集了兩支我的手機。我氣得回頭瞪著李昊天大罵，「你幹嘛突然說話，我手機又掉了，煩不煩啊你！」

他不知道什麼時候開始站在我的身後，笑嘻嘻的。

「反正妳手機又不開來用，掉了就算了。」他這麼說。

我看了他一眼，情人眼裡出西施，為什麼他今天特別帥？氣惱自己對他的痴迷，我轉身牽了腳踏車就想走，結果他伸手拉走我的腳踏車。

這麼想騎嗎？「給你騎啊！」我往反方向走人。

他很快攔住了我，「妳沒有話要對我說嗎？」

我抬頭看他，該說的那時候在巴士上早就說完了，我喜歡他，但我不會喜歡太久，因為我不想再單戀誰了。

「沒有。」我說，然後再次轉身往前走。

全世界就他腳最長，一個跨步又擋在我眼前，「真的沒有？」

「有。」我想起來了，他眼睛一亮。

我強壓著想哭的心情說了一句，「祝你和培秀姊永遠幸福快樂。」

他笑著點了點頭，「謝謝。」

我惡狠狠的瞪著他，氣自己怎麼會喜歡上這種……

「王八蛋。」我沒好氣的說，怎麼可以要一個喜歡你的女人，祝福你和另一個女人，良心跟我的手機一樣跌進運河了嗎？

我氣得推開他，大步往前走，很怕多待一秒就會在他面前哭。但我沒有時間哭，因為下一秒，他就緊緊從後頭抱住了我。

「別走啊，妳是不是誤會了什麼？」他好聽的聲音在我耳旁響起。

因為他突然的擁抱，我動彈不得，腦子直接成了漿糊。

「李培秀是我姊耶。」他說。

好吧，我必須承認我的腦子就是漿糊，他把我轉身面向他，「妳該不會真的誤會我跟我姊了吧？」要不是我喜歡他，聽見這種不屑又嫌棄的語氣，他早就被我丟進運河裡了。

但我困窘的表情說明了一切。

「天啊！真的假的？妳怎麼會笨成這樣啊！我跟我姊都姓李啊！而且我們長得很像耶。」他一臉受不了的說。

拜託，我才受不了他好嗎？「你要不要去照照鏡子？你現在這麼黑這麼醜，你好意思說自己像培秀姊？你有沒有羞恥心？」

我忍不住回嗆他，而且我根本忘了培秀姊姓什麼好嗎？

他笑著又把我擁入懷中，「我沒有羞恥心，只有一顆喜歡妳的心。」

我的心一緊，不敢相信自己聽到了什麼，「你再說一次。」我哽咽的說著。

他把我抱得更緊，摸著我的頭唱著，「好一朵美麗的茉莉花，好一朵美麗的茉莉花，芬芳美麗滿枝椏，又香又白人人誇。讓我來將妳摘下……早就說要將妳摘下了，妳懂不懂情趣啊？」

說好不哭的我，冷不防放聲大哭。

哭到路人驚慌，哭到對面海產店老闆又拿著鍋鏟走過來，「小姐，他欺負妳嗎？我給妳靠……」老闆說到一半，發現是熟面孔，馬上說著，「怎麼又是你們啦？小姐，妳真的很會哭耶！」

我對著老闆哭訴，「他說他喜歡我啊……」一把眼淚一把鼻涕。

老闆一臉嫌棄的看著我，「他本來就喜歡妳啊！有什麼好哭的，哭完了好過來吃飯啦！」老闆再次拿著鍋鏟帥氣離去。

「看吧，全世界就妳不知道。」他一說完，就直接吻上了我。

吻了很久，他才放開我，換上深情的眼神，用正經的表情看著我，「我每天去我姊的店裡，就是要等妳來上班，可是妳一直不出現。每天傳一堆訊息給妳，妳也都沒有看。我好急，但大家叫我不要急，昨天是我剛好抬頭，看到妳在計程車上，我真的不想再忍下去，就跟著妳到這裡，等妳有良心的想起我。」

聽到他的告白，我又不爭氣的哭了，「你真的要跟我在一起？」

我真的不會孤老終身了嗎？我終於有人愛了嗎？我不敢相信我杜茉莉有這一天，比中樂透還難，我刮到了兩千萬。

他笑著點點頭，「對，我要跟妳在一起，很久很久。」

我擦去眼淚，給了他一個燦爛的笑容。他也笑了，再次把我抱入懷中。正當我享受著愛情的時候，海產店老闆又喊了我們，隔著那一條安平路，「抱好了就好過來吃飯，你們朋友都到了。」

我一愣，不明白老闆在說什麼。我轉頭往對街一看，那些對我很重要的人，全都在站在那裡。

枯樹摟著我的肩說著，「妳不會以為只有我來而已吧。」

然後，我看向丁熒、湯湯、大姊、玫瑰，又看向他，忍不住放聲大哭。有種眼淚叫喜極而泣，它嚐起來不是鹹的、也不是苦的，是甜的。

尾聲

李昊天說要探望我媽。

過了很久，我才決定帶他來。我媽終究是我媽，但對其他人來說，或許我媽只是一個我人生裡的麻煩，只是一顆我生活裡的未爆彈，所以我始終不願意其他人來看她，除了丁熒和湯湯。

因為對她們來說，我媽也是她們的媽媽。

但李昊天不一樣，我不確定我媽對他而言會是什麼樣的存在。

他一直鬧一直問，他不能理解，如果是因為我爸，讓她心裡生了病，為什麼一直好好的現在才發病，所以我才決帶他來，讓醫生向他說明病情。他才知道我媽其實從未好好的，我是壓倒我媽的最後一根稻草，她能控制的最後一艘船沉了，她就急得想直接往下跳了。

大姊、玫瑰、丁熒和湯湯常跟我說，不是我的錯，她們擔心我又把罪攬到身上。我看著我媽，我知道那不是我的問題，是我媽自己的人生問題，如果我有什麼錯，就是我沒有發現我媽生病了。

那些看似健康的人，從沒有人用心發現他們生病了。

醫生走後，昊天拉下了臉，整個人頭上好像有了風火雷雲。我不知道他在想什麼，但我沒有問，我知道他會告訴我，這是我們相處的默契。有些話不急，畢竟人生很長，一天還有二十四小時，有什麼話，我願意慢慢的聽他慢慢說。

「我覺得阿姨會這樣，應該是我的錯。」他突然用了我以前最愛用的台詞。

我沒好氣的看著他，「你有事？」

然後他對我說他第一次和我媽見面的那天，送我媽下樓時，我媽先是拿出她以前對阿泰學長的技倆，看昊天一付落魄樣，拿錢想打發他。

「我拒絕了。」他說我媽一聽就火了，對著他大吼大叫，要他離我遠一點。「可是我還是說不要，她就生氣走了。」

後來我媽就開始不對勁了。但這和他又有什麼關係，我很感謝他的拒絕，我才能夠正視我活過的那些日子，到底哪裡出了錯。

「原來你那時候就愛我了喔？」被我抓到了。

他一愣，笑了笑，摟著我的肩走出大樓，「當然不是。」我轉頭瞪了他一眼，他捏了我的臉，笑著說：「還更早。」

我笑著轉頭，看著草地上，丁熒、湯湯、大姊、姊夫、玫瑰、妹夫還有外甥們圍在我媽身邊聊天。我媽抱著她的存錢筒，笑得好開心，我想這就是幸福的樣子。

「培秀姊有說她什麼時候回來嗎？」培秀姊也出走去了。我沒有問她身上到底發生了什麼事，也沒有過問昊天他終究打了誰，我只知道他整整找了培秀姊五年，在台灣的各個角落。但我想，總有一天我們都會知道培秀姊的故事，無論如何，我只希望她快樂。

「不要跟我說到我姊，太過分了，把店整個丟給我。之前為了找她，我一堆case都沒有做完，現在還要聽那些媽媽抱怨老公小孩，我姊的客人為什麼都這樣啊？」他一臉哀怨看著我，撒嬌的說：「等等陪我顧店。」

「不要，我要和大姊、丁熒她們去逛街。」我笑著拒絕，他沒好氣的看了我一眼，覺得我很沒有義氣，氣呼呼的走人。

我開始學會說不，因為我知道，眼前這個男人不需要我多用力付出，我知道我快樂，就是他的快樂。雖然他現在臉很臭，但一走向我媽，走向所有我生命最重要的人，就像我一樣會微笑。

他轉身向我招手大喊，「過來。」我點了點頭。

然後，阿紫奶奶不知道從哪冒出來，在我旁邊突然說著，「快點分手，我跟妳說真的，阿天不是妳的真命天子，妳的真命天子應該是在五年前就出現的。」

又來了。

兩年前，湯湯和阿澤剛交往，阿紫奶奶就要他們分手，因為湯湯的真命天子，應該比當時更早三年的時候就出現了。去年，丁熒和雷愷相愛，阿紫奶奶也要他們分手，因為丁熒的 Mr. Right，應該比當時更早四年的時候就出現了。今年換成是我，她又說是五年前。

「最好我們的真命天子都在同一年出現。」我才懶得理阿紫奶奶。

「妳們不要不相信，我真的會算的。」

「幫我算個樂透號碼。」我說，被阿紫奶奶瞪了一眼。我撒嬌的摟著阿紫奶奶，

「阿紫奶奶，如果真的是這樣，那我敢保證，五年前，我和昊天一定在某個路口碰過、在某條街上錯身而過。」

無論如何，只要我們在彼此心裡，我就相信，他是。

【全文完】

｜後記｜

時光教會我的事

我曾經是個很傲慢的人。

當有人抱著不安的心情問我，「我真的不知道要怎麼樣才能有自信。」我都會覺得，到底有什麼好不知道的？自信不就是給自己信心，做自己想做的事嗎？我不能理解，為什麼不能給自己信心？

那不是最基本的嗎？

後來，我才知道不是。

我的傲慢讓我吃了很多苦頭，總是橫衝直接的我，對生活所帶來的種種問題和困難筋疲力盡。我開始退縮，開始懂得什麼叫害怕，尤其是年紀帶來的恐慌。天不怕地不怕的二十幾歲，我多放任的做自己。

記得是從三十一歲開始，我覺得自己才更成熟了點。我很難再理所當然的說什麼事是完全對或錯，這世界上沒有只有黑跟白，更多的是灰色，那些沒有色系的一切，流動在我們的呼吸和生活裡。每一句話、每一個決定，都有可能傷害到別人，這世界上沒有完美的決定，只有完全任性和盡量溫柔兩種。

當朋友說：「妳那股魄力去哪了？」我想了想，大概是跟洗頭時的掉髮一起塞在水管裡了。

年紀有了。

我開始常常想對很多朋友道歉，那時我的傲慢，傷害到了他們正處於敏感又不知所措的心。當我發現，我開始無法擁有過去那所謂對生活的信心時，我才能真的理解那樣的害怕。

對於我當時的理所當然，連自己都想賞自己一巴掌。

如今，我也陷入了人生要面臨很多重要決擇的階段。結婚好嗎？還是不結婚好？工作好嗎？創業好嗎？還是再去學點東西好呢？日子再這樣過下去行嗎？想到這些問題，我也沒有自信了。此時此刻，才知道這些莫名湧上的慌張，是多麼逼人。

寫這個故事時，我總想起那些曾經對我說著，對自己、對未來、對一切沒自信，每天徬徨的面對自己感情和人生的人們。

這個故事，不是所有問題的答案，只希望能是一個面對自己的出口。
我想要獻給你們和我自己。

雪倫

國家圖書館出版品預行編目資料

若我能走進你的心裡 / 雪倫著. -- 初版. -- 臺北市；商周，城邦文化出版；家庭傳媒城邦分公司發行, 民 107.05
面　；　公分. --（網路小說；278）

ISBN 978-986-477-452-4（平裝）

857.7　　107006261

若我能走進你的心裡

作　　者／雪倫
企畫選書人／陳思帆
責 任 編 輯／陳思帆

版　　權／翁靜如
行 銷 業 務／李衍逸、黃崇華
總 編 輯／楊如玉
總 經 理／彭之琬
發 行 人／何飛鵬
法 律 顧 問／元禾法律事務所　王子文律師
出　　版／商周出版
台北市中山區民生東路二段 141 號 9 樓
電話：(02) 2500-7008　傳眞：(02) 25007759
Blog：http://bwp25007008.pixnet.net/blog
Email：bwp.service@cite.com.tw
發　　行／英屬蓋曼群島商家庭傳媒股份有限公司城邦分公司
聯絡地址：台北市中山區民生東路二段 141 號 11 樓
書虫客服服務專線：(02) 25007718・(02) 25007719
24小時傳眞服務：(02) 25001990・(02) 25001991
服務時間：週一至週五09:30-12:00・13:30-17:00
郵撥帳號：19863813　戶名：書虫股份有限公司
讀者服務信箱 Email：service@readingclub.com.tw
城邦讀書花園網址：www.cite.com.tw
香港發行所／城邦（香港）出版集團有限公司
地址：香港灣仔駱克道 193 號東超商業中心 1 樓
Email：hkcite@biznetvigator.com
電話：(852)25086231　傳眞：(852) 25789337
馬新發行所／城邦（馬新）出版集團【Cité(M)Sdn. Bhd.】
41, Jalan Radin Anum, Bandar Baru Sri Petaling,
57000 Kuala Lumpur, Malaysia.
電話：(603) 90578822　傳眞：(603) 90576622

封 面 設 計／黃聖文
版 型 設 計／鍾瑩芳
排　　版／游淑萍
印　　刷／高典印刷有限公司
總 經 銷／聯合發行股份有限公司
電話：(02) 2917-802　傳眞：(02) 2911-0053

■ 2018 年（民 107）5月3日初版　　Printed in Taiwan
■ 2018 年（民 107）5月31日初版3.5刷

定價 / 250元

著作權所有・翻印必究
ISBN　978-986-477-452-4

城邦讀書花園
www.cite.com.tw

廣	告	回	函
北區郵政管理登記證			
台北廣字第000791號			
郵資已付，免貼郵票			

104台北市民生東路二段 141 號 2 樓

英屬蓋曼群島商家庭傳媒股份有限公司　城邦分公司

請沿虛線對摺，謝謝！

商周出版

書號：BX4278	書名：若我能走進你的心裡	編碼：

請於此處用膠水黏貼

商周出版

讀者回函卡

感謝您購買我們出版的書籍！請費心填寫此回函卡，我們將不定期寄上城邦集團最新的出版訊息。

不定期好禮相贈！
立即加入：商周出版
Facebook 粉絲團

姓名：＿＿＿＿＿＿＿＿＿＿ 性別：□男 □女

生日：西元＿＿＿＿年＿＿＿＿月＿＿＿＿日

地址：＿＿＿＿＿＿＿＿＿＿

聯絡電話：＿＿＿＿＿＿ 傳真：＿＿＿＿＿＿

E-mail ：

學歷：□ 1. 小學 □ 2. 國中 □ 3. 高中 □ 4. 大學 □ 5. 研究所以上

職業：□ 1. 學生 □ 2. 軍公教 □ 3. 服務 □ 4. 金融 □ 5. 製造 □ 6. 資訊
□ 7. 傳播 □ 8. 自由業 □ 9. 農漁牧 □ 10. 家管 □ 11. 退休
□ 12. 其他＿＿＿＿＿＿

您從何種方式得知本書消息？

□ 1. 書店 □ 2. 網路 □ 3. 報紙 □ 4. 雜誌 □ 5. 廣播 □ 6. 電視
□ 7. 親友推薦 □ 8. 其他＿＿＿＿＿＿

您通常以何種方式購書？

□ 1. 書店 □ 2. 網路 □ 3. 傳真訂購 □ 4. 郵局劃撥 □ 5. 其他＿＿＿＿

您喜歡閱讀那些類別的書籍？

□ 1. 財經商業 □ 2. 自然科學 □ 3. 歷史 □ 4. 法律 □ 5. 文學
□ 6. 休閒旅遊 □ 7. 小說 □ 8. 人物傳記 □ 9. 生活、勵志 □ 10. 其他

對我們的建議：＿＿＿＿＿＿＿＿＿＿

＿＿＿＿＿＿＿＿＿＿

＿＿＿＿＿＿＿＿＿＿

【為提供訂購、行銷、客戶管理或其他合於營業登記項目或章程所定業務之目的，城邦出版人集團（即英屬蓋曼群島商家庭傳媒（股）公司城邦分公司、城邦文化事業（股）公司），於本集團之營運期間及地區內，將以電郵、傳真、電話、簡訊、郵寄或其他公告方式利用您提供之資料（資料類別：C001、C002、C003、C011 等）。利用對象除本集團外，亦可能包括相關服務的協力機構。如您有依個資法第三條或其他需服務之處，得致電本公司客服中心電話 02-25007718 請求協助。相關資料如為非必要項目，不提供亦不影響您的權益。】
1.C001 辨識個人者：如消費者之姓名、地址、電話、電子郵件等資訊。 2.C002 辨識財務者：如信用卡或轉帳帳戶資訊。
3.C003 政府資料中之辨識者：如身分證字號或護照號碼（外國人）。 4.C011 個人描述：如性別、國籍、出生年月日。

請於此處用膠水黏貼